PASSE
OFFENSIVE

PASSE OFFENSIVE

Les Lions de Denver

EMILY SILVER

Interférence

Passe Offensive

Définition : faute décidée par l'arbitre lorsqu'un défenseur entre en contact avec le receveur présumé de l'équipe adverse, l'empêchant ainsi d'attraper la passe de son coéquipier.

Chapitre Un

COLIN

— Tu veux une pipe ?

J'agite paresseusement mon verre sous les flashs des stroboscopes. La blonde assise près de moi m'a demandé mon numéro dès l'instant où je suis entré dans la boîte de nuit. Je dois dire que l'attention ne me dérange pas. Et vu mon statut, elle est facile à obtenir.

— Pourquoi pas.

Notre recoin obscur de la discothèque nous cache à la vue tandis qu'elle ouvre ma braguette et recouvre ma queue de sa bouche chaude et humide. La brûlure de l'alcool parcourant mes veines, je me perds dans l'attention de cette femme. Merde, comment elle s'appelle, déjà ? Je ne m'en souviens même pas. Tant pis. Ce n'est pas comme si j'en aurai besoin après cette nuit, de toute façon.

La sensation de ses lèvres autour de moi me pousse vers l'orgasme. Elle suce et lèche sur toute ma longueur. C'est si simple, de me concentrer sur ce qu'elle me fait. D'oublier un instant le vacarme de mes pensées.

Une petite voix dans un coin de ma tête me crie que je ne devrais pas faire ça. Mais la femme anonyme – Carli, peut-être ? – enroule sa langue autour de mon gland, et je me déverse dans sa gorge.

— Putain, grogné-je en fermant les yeux, la tête appuyée contre le dossier de la banquette.

Je m'ordonne de me sentir mieux, même si l'expérience ne m'a rien apporté.

Depuis mon entrée dans la ligue, ce genre de soirée est monnaie courante pour moi. Mais ce soir, je suis incapable de rassembler assez d'énergie pour me soucier de la femme à mes pieds. Et tant pis si cela fait de moi le pire des connards.

La blonde en question replace ma queue désormais flasque dans mon pantalon, s'essuie la bouche et s'installe sur mes genoux.

— Tu veux me ramener chez moi ?

Son regard est trouble, ses lèvres humides. Soudain, je me sens vide, et perds toute envie de passer la nuit avec elle.

Je me lève et la dépose sur le coussin épais de la banquette.

— Désolé, chérie, il faut que j'y aille.

— Quoi, c'est tout ? s'écrie-t-elle d'une voix suraiguë.

Cela me conforte dans ma décision de partir. Les groupies comme elle sont toutes les mêmes : elles ne cherchent qu'à coucher avec des joueurs. Peu importe s'il est connu ou non, le premier footballeur venu fera l'affaire.

Je dépose un baiser sur sa joue.

— J'ai entraînement demain matin. Ne t'en fais pas, je paye pour toi.

— Connard ! crache-t-elle.

— Je n'ai jamais prétendu le contraire.

Je passe signaler au serveur que c'est moi qui règle ses prochaines consommations avant de sortir dans l'humidité de la nuit de Denver. Il est presque une heure du matin. La reprise va être difficile.

Demain a lieu l'une de nos premières journées d'entraînement optionnel avant le camp intensif, dans deux semaines.

Enfin, c'est censé être optionnel, mais en réalité, être absent donne une mauvaise impression. Avec la folie de la saison qui ne va pas tarder, j'avais besoin de relâcher un peu la pression, ce soir.

Je sais que cela fait de moi la dernière des enflures, mais les groupies sont parfaites pour tirer son coup sans prise de tête.

Aucune émotion, aucun attachement. C'est comme ça que je fonctionne depuis que j'ai rejoint l'équipe des Lions de Denver. Il y a certainement de meilleurs moyens de donner un sens à mon existence, mais en attendant, c'est facile, et ça marche. Car cela me permet de me concentrer exclusivement sur le football.

D'oublier ce qui manque peut-être à ma vie. Ou plutôt *qui* manque à ma vie, depuis tant d'années.

———

La sonnerie tonitruante de mon téléphone m'arrache à mon sommeil. Je reconnais cette mélodie. Je l'ai installée exprès pour pouvoir l'ignorer.

Le soleil brille à travers les rideaux ouverts de ma chambre. Les conséquences de ma soirée de la veille se sont estompées, j'ai moins mal à la tête.

Dieu merci, la sonnerie s'arrête enfin, mais mon portable n'arrête pas de vibrer. Je roule sur le côté en grognant pour l'attraper sur ma table de nuit. Mon écran s'éclaire et me révèle des centaines de notifications.

Merde.

Cette fois, quand mon père me rappelle, je décroche.

— C'est quoi, ce bordel, Colin ?

— Qu'est-ce qui se passe ? demandé-je avec une grimace en éloignant le téléphone de mon oreille.

Je peux sentir son dédain à des centaines de kilomètres.

— Tu n'as pas vu les infos ?

— Mince, marmonné-je en me passant la main sur le visage.

Vu son ton, je ne suis pas sûr d'en avoir envie.

— Il est presque huit heures. Sors-toi du lit et rappelle-moi quand tu seras au courant.

Il raccroche. Aucune chance que je le rappelle. Je remarque un appel manqué de mon agent, et c'est là que je me rends compte que je dois être sacrément dans la merde.

Je l'appelle sans me fatiguer à ouvrir les notifications.

— Colin. On dirait bien que tu vas avoir des problèmes, cette fois.

Earl ne perd pas de temps, il coupe toujours jusqu'au cœur du problème. C'est une des raisons qui font que je l'ai choisi pour ce poste.

— Qu'est-ce qui se passe ?

— Visiblement, la femme que tu as vue hier soir n'a pas apprécié ton comportement. Un article circule, qui détaille à quel point tu n'es qu'un « queutard, prétentieux et égoïste », je la cite, dit-il avant de se racler la gorge.

— Oh, merde.

— J'ai déjà reçu trois appels de la direction de l'équipe ce matin. Ça s'annonce mal, Colin.

— Ah oui, vous croyez ? grogné-je.

Je suis tendu. Certes, ma brève aventure d'hier soir m'a fait du bien, mais maintenant que j'en paye le prix…

— Tu es encore en période d'essai, cette année. On a remercié des joueurs pour beaucoup moins que ça. Tu sais parfaitement que ce n'est pas le genre d'image que les Lions essayent de renvoyer.

— Ils ne savent pas tout, à la direction.

Earl s'esclaffe.

— Oui, tu as raison, et je veillerai à leur indiquer que cette femme n'est qu'une parmi tant d'autres. Je suis sûr qu'ils seront ravis d'apprendre le nombre exact de tes conquêtes.

— Qu'est-ce que je peux faire ?

J'ignore sa remarque et m'efforce de passer en mode « solutions potentielles ». Il est déjà arrivé à Earl de couvrir mes arrières, mais généralement, je garde ce genre d'écarts pour moi-même.

— Essaie de réfléchir avec ta tête, la prochaine fois.

Je lève les yeux au ciel avant de descendre de mon lit, ramassant mon jogging par terre pour l'enfiler. Mes pas résonnent dans la maison vide tandis que je me dirige vers la cuisine. Il est trop tôt pour que je puisse gérer cette conversation sans une bonne dose de caféine dans les veines.

— Quoi, c'était ma dernière chance ? Ça y est, je ne suis plus un Lion ?

Le simple fait de prononcer ces mots me serre le cœur.

L'équipe de Denver est la seule que j'aie jamais connue. Je suis venu directement de Knoxville, sans un regard en arrière. La pensée de perdre tout ça après une telle erreur me rend malade. Je n'ai jamais prétendu être le mec le plus intelligent du monde, mais je n'aurais jamais imaginé que mes actions puissent me coûter ma place dans l'équipe.

— Dites-moi que je n'ai pas merdé à ce point, Earl, continué-je.

Peut-être que si je les répète, mes mots deviendront réalité.

— J'ai une réunion avec le directeur général aujourd'-
hui. Contente-toi de te rendre à l'entraînement et de faire
comme si tout allait bien.

— Et ensuite ?

Je lance le café une fois que la machine indique qu'elle
est prête. Il me faudrait quelque chose de plus fort, à vrai
dire, mais je crains que ce ne soit vraiment pas le moment.

— Ensuite, tu rentres chez toi et tu y restes. Je ne veux
plus voir ta tête sur le moindre magazine ou tabloïde de
toute la saison. Tu n'as plus droit à l'erreur. C'est compris ?

Son ton ne souffre aucune contestation.

Je prends une profonde inspiration pour essayer de
digérer ce que ses propos impliquent pour mon avenir. Je
hoche la tête, en sachant pertinemment qu'il ne peut pas
me voir.

— Est-ce que je me suis bien fait comprendre ? J'imagine que je n'ai pas besoin de t'expliquer à quel point la
situation est sérieuse, reprend-il.

— J'ai compris. À partir d'aujourd'hui, je serai sage
comme une image.

— Bien. Garde ton téléphone à portée de main. Je
t'appellerai quand j'aurai du nouveau.

Il raccroche sans un mot de plus.

Dans quelle merde me suis-je encore fourré ?

Chapitre Deux

PEYTON

— Et cette tenue ? Qu'est-ce que tu en penses ? Je me tourne d'un côté à l'autre, observant ma jupe sous tous les angles dans le miroir.

— Elle fera très bien l'affaire, répond Grier.

Je fusille son reflet du regard. Mon amie est nichée parmi les piles de vêtements qui recouvrent mon lit.

— « Faire l'affaire » ne suffira pas. Ma tenue doit être parfaite si je veux réussir cet entretien.

Grier enroule une boucle de cheveux auburn autour de son index.

— Tu t'en sortiras très bien pour la simple raison que tu es *toi*.

— Ça ne m'aide pas.

— Ils seraient fous de ne pas te prendre. J'ai rarement rencontré quelqu'un d'aussi intelligent que toi.

Je me glisse hors de ma jupe et la jette sur le lit. Je connais Grier depuis notre premier jour de master. Sans elle, je ne sais pas si j'aurais tenu aussi longtemps. L'université du Colorado-Boulder possède l'un des diplômes de management sportif les plus difficiles du pays. Nous avons passé beaucoup de nuits entières à étudier ensemble, avant de remplir notre liberté relative entre deux partiels de margaritas, voire de shots de tequila à l'occasion. Mais surtout de margaritas, quand même.

— Si j'obtiens ce stage, qui sait combien de portes cela m'ouvrirait ? Je dois faire beaucoup mieux que le strict nécessaire. Je dois être parfaite.

— Ne te prends pas trop la tête. Cela ne ferait que te stresser encore plus.

Grier se lève et me donne une tape sur les fesses en s'avançant vers mon placard. Elle y fouille un moment avant d'extraire une élégante robe noire des quelques vêtements qui restent.

— Mets ça. Avec mes chaussures à talons en serpent et ton collier, tu auras l'air super badass.

Je triture le collier en question, effleurant les lettres usées par le temps. Après toutes ces années, je suis incapable de l'enlever. Il reste mon ancre, qui me maintient en place, même si la personne qui me l'a offert ne fait plus partie de ma vie depuis longtemps.

— Tu as raison. Simple et classe.

— Tout à fait. Tu te poses trop de questions ; tu vas tout déchirer pendant cet entretien. Ils seraient idiots de ne pas t'engager sur-le-champ.

Je me redresse et me concentre sur ses encouragements.

— Tu as raison. Je serai la meilleure stagiaire qu'ils aient jamais eu la chance d'avoir. Et quand je serai diplômée, j'aurai tellement d'offres d'emploi que j'aurai l'embarras du choix !

— Je préfère ça ! s'exclame Grier en me frappant l'épaule. Bon, alors, que dirais-tu de quelques shots, pour te détendre ?

— Grier !

Elle éclate de rire et se dirige vers la cuisine. J'enfile un jogging et un t-shirt avant de la suivre.

— On ne boit pas, ce soir. Je veux être fraîche et dispo demain.

— Détends-toi, meuf. C'est dans la poche. Tu en sais plus sur le football que quiconque.

Je triture mon collier, un tic qui montre ma nervosité.

— Mais si jamais un autre candidat est meilleur que moi ?

Je veux ce poste si fort que j'en suis malade. Tout ce que j'ai jamais désiré est à portée de main. J'ai grandi entourée par le football ; mon père était le docteur officiel de l'équipe de la fac du Tennessee, autant dire qu'il était difficile pour moi de ne pas tomber amoureuse de ce sport.

Maintenant que j'ai le choix, je souhaite simplement travailler avec l'équipe qui voudra de moi.

Sauf Las Vegas. Jamais Vegas. Que des enfoirés tricheurs, là-bas.

— Il faut qu'on passe en revue toutes les raisons qui font de toi une championne, Peyton ?

J'attrape une canette de soda dans le frigo et l'ouvre dans un craquement de métal.

—J'ai le droit d'être nerveuse. Il s'agit de mon avenir.

Grier ignore ma remarque.

— Tu as tout déchiré aux tests d'aptitude. Tu as la meilleure moyenne de tout notre département, moi comprise, commence-t-elle en comptant sur ses doigts au fur et à mesure. Le simple fait que tu aies *obtenu* un entretien pour travailler chez Markham & Associés est inédit, et tu auras même potentiellement l'opportunité de les rejoindre avant le début du prochain semestre. Est-ce que tu te rends bien compte à quel point il est difficile d'attirer leur attention ?

Je hoche la tête. J'ai bien conscience que toute la classe m'envie.

— Pour l'instant, ce n'est qu'un entretien.

— Mais avec Earl Markham, un entretien vaut un poste.

Cette fois, je suis incapable de retenir le sourire qui naît sur mon visage.

— Arrête, je vais me faire trop d'espoirs.

— Avec un peu de chance, tu finiras par bosser avec les joueurs les plus sexy.

Je lui donne un petit coup dans le bras tandis qu'elle sort du frigo les restes du restau chinois de la veille.

— J'aurais de la chance de travailler avec le moindre joueur, à ce stade. Si je suis prise, je serai la petite nouvelle. J'irai chercher leurs commandes de café pendant des semaines avant qu'ils ne commencent à retenir mon prénom. Pour la plupart d'entre eux, je serais « hé, toi, là ».

Grier rit, mais son expression change à l'instant où elle se fait la même réflexion que moi.

— Il ne travaille pas avec Earl, hein ?

— Non, je réponds en grimaçant. La dernière fois que j'ai regardé, il était dans une agence basée à Vegas.

— Tant mieux, dit Grier en secouant la tête. Imagine, obligée de voir ton ex tous les jours.

— Bon, il arrive, ce shot ? demandé-je en espérant la lancer sur un autre sujet.

Elle tape dans ses mains.

— Enfin ! Allez, juste un. Pour te porter chance !

— J'en aurais bien besoin.

— ALORS, Peyton, pourquoi voulez-vous ce poste ?

Tammy, la femme d'âge mûr qui me fait passer l'entretien, est intransigeante mais juste. Elle m'a très vite mise à l'aise, et j'ai réussi à répondre à toutes ses questions sans bafouiller ni rougir. Je suis toujours plus détendue avec les femmes qui occupent des positions de pouvoir. C'est comme si je pouvais m'imaginer à leur place, ce qui me donne envie de les imiter.

— J'ai grandi entourée de football. J'ai toujours adoré le sport, et c'est le domaine dans lequel j'ai toujours voulu travailler. Toutes les équipes n'ont pas la chance d'être douées en communication, surtout sur les réseaux : l'image en ligne de Denver est excellente, par exemple, mais pas celle de Vegas. Je voudrais apprendre des meilleurs pour être un atout essentiel à l'équipe pour laquelle je travaillerai plus tard.

— Et que diriez-vous si l'on vous envoyait travailler avec l'une de nos stars ? demande-t-elle avec un sourire enjoué.

— Je soutiens l'équipe du Colorado depuis que j'ai emménagé ici, alors ce serait un honneur. Ils étaient si proches de passer la phase éliminatoire, cette saison.

Tammy repousse une mèche de cheveux gris derrière son oreille.

— Vous savez de quoi vous parlez, je l'admets. La plupart des femmes que nous rencontrons sont capables de réciter les statistiques de tous nos clients, mais connaissent rarement les équipes. Je suis impressionnée.

— Comme je le disais, j'ai grandi dans ce milieu. J'aime tous les sports.

— Même le golf ? demande Tammy en riant.

— Oui, même le golf, je réponds avec un sourire. Du moment que personne ne me demande de jouer.

— Non, ce n'est pas un risque. Vous serez probablement affectée à différentes tâches selon les besoins. Il se peut aussi qu'Earl fasse appel à vous pour certains de ses projets spéciaux. Vous devrez être adaptable.

À ses mots, je me redresse subtilement. Elle parle au futur, comme si mes missions à venir étaient acquises ; c'est bon signe.

— Bien sûr !

— Nous ne croyons pas que les stagiaires sont là pour aller chercher le café, m'explique Tammy en souriant. Enfin, cela peut arriver, mais dans l'ensemble, Earl veille à donner à ses stagiaires l'expérience la plus complète possible. Si vous travaillez chez Markham & Associés, c'est pour de bon.

—J'en serais honorée.

— Puisque vous en êtes à votre dernière année d'études, est-ce que vous avez déjà réfléchi à ce que vous voudriez faire une fois votre diplôme en poche ?

— Oui ! m'exclamé-je, avec peut-être un peu trop d'enthousiasme. Enfin, je veux dire, oui. J'aimerais rester à Denver, trouver un travail ici, peut-être avec l'une des équipes de la ville.

— Heureuse de voir que vous y pensiez déjà sérieusement. À mon avis, vous allez vous en sortir à merveille avec nous, Peyton. Nous sommes ravis de vous accueillir dans l'équipe, déclare Tammy en se relevant.

— Vous voulez dire que… j'ai le poste ?

Elle hoche la tête, un grand sourire aux lèvres.

— En effet. Soyez prête dès lundi. Vous devrez passer par l'inévitable étape de la paperasse de base, de la politique d'entreprise sur l'interdiction de fraterniser ou de recevoir des pots-de-vin, rien de bien méchant. On vous laisse commencer en douceur avant de vous jeter dans la fosse aux lions.

— Je suis prête ! lui assuré-je, peinant à dissimuler mon excitation. Merci, Tammy.

Elle me tend la main et je la sers avec un chouïa trop de vigueur.

Je la suis dans les bureaux en m'imaginant travailler ici. Un pas de plus vers mon but.

— À lundi ! me lance Tammy en m'adressant un signe de la main tandis que je franchis la porte d'entrée.

— J'ai hâte de commencer !

Chapitre Trois

COLIN

— Ah, voilà enfin notre queutard prétentieux et égoïste ! s'exclame Knox depuis l'autre côté du vestiaire.

Tous les yeux de la pièce se tournent vers moi tandis que je me dirige vers mon casier. Enfin, c'est l'impression que j'ai. Même le logo des Lions de Denver, sur le carrelage, semble me juger.

— Attention, tu vas te donner une migraine à force d'utiliser des mots trop compliqués pour toi, grogné-je en dressant un doigt d'honneur vers Knox.

— Je lui avais pourtant dit de la fermer, marmonne Jackson, près de moi, en ajustant l'attelle orthopédique à son genou. Crois-moi, ce n'est jamais marrant de se retrouver dans les médias pour ce genre de choses.

Je sais qu'il lui est arrivé une expérience similaire l'an dernier, avec son ex. Au moins, dans mon cas, c'est de ma faute.

— Alors, ça donne quoi ? me demande Alex en enfilant son maillot d'entraînement.

— Rien de bon. Mais pour l'instant, je dois seulement

veiller à rester discret et à ne pas aggraver mon cas, ça va le faire.

J'essaie de prétendre que ma situation est moins grave qu'il n'y paraît.

Peut-être que si je continue à le dire, je finirai par y croire.

— Colin ! Passe me voir après l'entraînement ! me crie Coach Brooks depuis son bureau.

— Ça va le faire, hein ? répète Jackson. Tu es sûr de toi ?

— Merde.

Si le coach veut me parler, c'est pire que ce que je pensais. Mon portable vibre sur l'étagère de mon casier. Je vois qu'il s'agit de mon père, et ignore son appel.

— Une autre femme de ta liste noire ? lance Logan, derrière Jackson.

— Pire. Mon père.

— Il n'est pas ravi de voir la tête de son fils dans tous les tabloïdes, j'imagine ? demande Knox.

— Il tient surtout à me rappeler à quel point je suis en train de ruiner nos vies à tous les deux.

— Putain, il a l'air d'une sacrée enflure, remarque Logan.

— M'en parle pas, je réponds en hochant la tête. Il m'a fallu longtemps pour m'en rendre compte.

Après chaque match, mon père avait l'habitude de disséquer la moindre de mes erreurs. Peu importe si j'avais marqué un *touchdown* ou battu le record du nombre de réceptions de l'équipe, j'aurais toujours pu faire mieux. Cela aurait dû me faire détester le jeu, mais au contraire, cela n'a fait que me donner la détermination de devenir le meilleur receveur du pays.

Je voulais y arriver pour lui prouver que je pouvais le faire.

L'argent que je gagne chaque année est un majeur dressé bien haut à son attention. Même avec mon contrat de rookie.

— Tu penses pouvoir terminer l'entraînement sans te retrouver à la une demain ? plaisante Knox en m'envoyant une claque sur l'épaule.

—Je ne sais pas. Est-ce que ta mère est là ? Je pourrais peut-être rentrer avec elle.

— Ta gueule, réplique-t-il joyeusement en me faisant un doigt d'honneur.

— Oh, non, tu veux pas que je sois ton nouveau beau-père ? continué-je en le poussant tandis que nous nous dirigeons vers le terrain d'entraînement.

—Je te tacle à la première occasion, j'espère que tu en as conscience.

— À ce stade, il le mérite, commente Jackson en enfilant son casque avant de s'éloigner dans la direction opposée.

— Young ! James ! Arrêtez de papoter et amenez-vous ! nous appelle notre coordinateur offensif.

— C'est quoi le plan, aujourd'hui ? demande Alex.

Nous passons en revue les tactiques sur lesquelles nous travaillons en ce moment, et je me concentre sur celles qui concernent ma course. C'est vraiment là que je me sens le mieux. Je connais ces stratégies par cœur.

Il m'est si facile de me perdre dans l'entraînement. L'herbe sous mes crampons, le lancer parfait qui amène le ballon tournant comme une toupie juste entre mes mains… Tout cela est si simple.

C'est le reste, qui me pose problème.

Nous répétons les mêmes formations encore et encore. Notre coordinateur a inventé plusieurs stratégies, que nous testons ensemble. C'est toujours un plaisir d'essayer de nouvelles techniques avec Alex. Nous avons été sélectionnés en même temps, et devinons où sera l'autre avant même de devoir y réfléchir.

Ces nouvelles tactiques n'en sont que plus simples à maîtriser.

En un rien de temps, l'entraînement se termine.

J'ignore mes coéquipiers dans les vestiaires et me dirige droit vers le bureau de Coach. Autant en finir.

Je frappe une fois et sa voix m'invite à entrer.

— Assieds-toi, fiston, m'ordonne-t-il avec un geste en direction du fauteuil qui fait face à son bureau. J'imagine que tu sais pourquoi je t'ai convoqué ?

Jouer les idiots ne me servirait à rien, à ce stade, alors je lui réponds honnêtement :

— Je sais, oui.

Je dois me retenir de me tortiller de honte sur mon siège devant le regard qu'il me lance. De manière générale, il vaut mieux éviter d'énerver Coach. Il est peu loquace, et c'est le genre d'homme qui donne envie de tout faire pour lui rapporter le trophée. C'est un des meilleurs entraîneurs que j'ai eu de ma vie, et cette expression sur son visage ne m'est pas familière.

— Colin, est-ce que tu aimes cette équipe ?

— Plus que tout, répliqué-je sans un instant d'hésitation.

— Dans ce cas, pourquoi ferais-tu quelque chose d'aussi stupide, au point de mettre en danger ta position ici ?

J'ai la gorge sèche comme du papier de verre, et je toussote, embarrassé.

— Je n'ai pas réfléchi au fait que…

— C'est là tout le problème, m'interrompt Coach. Tu n'as pas *réfléchi*, tout court.

J'essuie mes paumes moites sur mon pantalon.

— Tu occupes une position de pouvoir, que tu t'en

rendes pleinement compte ou non. Tu peux te servir de cette position pour le bien, ou tu peux choisir d'en profiter pour faire ce que tu as fait l'autre soir.

Je grimace à la pensée qu'il a lu les articles. Je suis sûr que c'est le cas, comme toute l'équipe de management, certainement.

— Est-ce que vous allez me virer ?

Les mots m'échappent avant que je puisse les retenir.

— Là, maintenant ? Non.

Je pousse un soupir de soulagement.

— Mais que cela ne te pousse pas à prendre ta place dans l'équipe pour acquise. Le directeur général m'a informé que tu avais rendez-vous avec ton agent cet après-midi. Apparemment, son agence a mis en place un plan pour t'aider à remonter dans l'estime de l'équipe et de nos fans.

— Et si leur plan marche ?

— Si tu t'en sors, on ne devrait plus avoir de problèmes, dit-il d'un ton définitif, mettant fin à notre conversation.

Avant que je ne passe la porte, il me rappelle.

— Une dernière chose, Colin.

— Oui, Coach ?

— Je suppose que je n'ai pas besoin de te rappeler l'importance essentielle de suivre les ordres de ton agence à la lettre. Au moindre faux pas, tu risques l'expulsion. Et je n'ai vraiment pas envie de te perdre. Tu es le meilleur receveur que cette équipe ait connu, et je serais extrêmement déçu que tu nous quittes pour avoir refusé d'écouter les conseils de professionnels qui sont là pour t'aider.

— Je ferais n'importe quoi pour rester, Coach.

Il hoche la tête, et je sors.

J'ai l'impression que ma peau est deux tailles trop petite pour moi en retournant à mon casier. Knox s'apprête à me faire une remarque, mais ce qu'il lit sur mon visage semble suffire à l'en empêcher. Je retire ma tenue d'entraînement, attrape une serviette et me dirige vers la douche.

Les mains appuyées sur le carrelage, je laisse l'eau chaude couler le long de mon dos. La sensation aide à calmer la douleur de mes muscles après plusieurs heures d'effort.

Ce que je préfère dans mon sport, c'est que je peux laisser tous mes sentiments sur le terrain. Quoi que je ressente, je mets cette énergie dans mon jeu, à l'entraînement ou pendant les matchs.

Putain. Pourquoi faut-il que je pense toujours avec ma queue ?

Depuis mon entrée dans la ligue, c'est la même chose. Je ne veux pas songer à ce que j'ai perdu, et la solution la plus efficace est de me perdre dans l'étreinte de femmes qui ne sont rien pour moi.

Peut-être que c'est le coup de fouet qu'il me fallait. Le signe qu'il est temps de reprendre ma vie en main, et de tourner la page.

Cela fait cinq ans ; je devrais avoir oublié ces événements depuis longtemps. Je dois laisser le passé derrière moi, et ne plus y penser.

Mais le simple fait d'envisager de passer à autre chose fait se serrer mon cœur dans ma poitrine. Au moins, c'est la preuve que j'en ai encore un. Peut-être que je peux le forcer à oublier.

Une bonne fois pour toutes.

Chapitre Quatre

PEYTON

— Alors, comment se passe ta première journée ? me demande Tammy en passant la tête par-dessus la cloison de mon petit bureau.

Je lui offre un sourire timide.

— Je me sens déjà un peu débordée. Mais je suis très heureuse d'être ici !

J'ai travaillé dur pour en arriver là, et quoi qu'ils me demandent, j'y mettrai toute mon âme. Si je m'en sors bien, ma réussite professionnelle dans ce milieu est assurée.

— Eh bien, si tu es prête, Earl demande à te voir. Il a un projet à te proposer qui risque de te plaire.

— Bien sûr ! m'exclamé-je en me levant d'un bond.

Je suis trop enthousiaste, mais je m'en fiche. Je tiens absolument à faire bonne impression.

J'ai toujours rêvé de travailler pour une équipe de la NFL. Et maintenant que je n'ai plus qu'un an d'études devant moi, c'est un rêve qui se rapproche. Mon but est tout près ; je distingue enfin le bout du tunnel.

Je suis Tammy jusqu'au bureau d'Earl et m'installe sur un des sièges. C'est Earl le grand chef, mais c'est Tammy qui est chargée de suivre mon progrès tout au long du stage. Elle est gentille, mais intraitable, ce qui ne fait qu'ajouter à la pression que je ressens.

— Peyton. Tu es prête à t'atteler à ton premier vrai projet ?

— Absolument.

J'essaie d'insuffler plus d'assurance dans ma voix que je n'en ressens. Earl est très intimidant. Il fait partie des meilleurs agents du monde du sport. Il représente une longue liste des noms les plus influents du milieu. Quel que soit le sport concerné, tout le monde se l'arrache. Et moi, je n'ai qu'une envie : l'impressionner.

— Un de nos clients les plus récents se trouve dans une situation délicate, commence Earl. Il fait partie de la ligue depuis quelques années, mais il souffre de... problèmes d'image, dirons-nous.

Il pose ses coudes sur la table et croise les doigts en m'observant attentivement, comme s'il jaugeait de mes capacités.

— Que puis-je faire pour aider ? demandé-je en frétillant presque d'impatience dans mon fauteuil.

— Nous allons devoir monter un plan de réhabilitation de son image, notamment en ligne. Pour montrer au public qu'il n'est pas qu'un séducteur arrogant.

Les idées commencent déjà à fuser dans ma tête.

— Il est encore en période d'essai, continue Earl. Mais il adore Denver, et il ne voudrait pas devoir changer d'équipe.

— Je le comprends.

Moi aussi, cela fait plusieurs années que je me sens chez moi dans le Colorado. On y trouve non seulement un des meilleurs diplômes du pays dans le domaine que je vise, mais aussi les montagnes, qui me rappellent la maison. Quand les choses devenaient trop dures pour moi à la fac, je pouvais toujours partir en randonnée, et soudain, tout allait mieux.

— Il va falloir lui faire de la bonne publicité. Et c'est là qu'on aura besoin de toi : fais-le participer à des projets ou à des événements qui rappelleront aux gens du coin pourquoi ils l'aiment. Assure-toi qu'il reste dans le droit chemin, ce genre de choses.

— Je peux le faire.

Earl m'adresse un sourire rayonnant.

— Je n'en doute pas. Tammy est chargée de surveiller tes progrès ce semestre, mais si tu as besoin de son aide, ou de la mienne, n'hésite pas à nous demander.

— Vous pouvez compter sur moi, lui assuré-je en me redressant.

— Colin ne devrait plus tarder. Dès qu'il sera là, on pourra lui expliquer le projet et faire les présentations. J'aimerais que tu transmettes un plan préliminaire à Tammy d'ici la fin de la semaine. La saison commence bientôt et les occasions de sortir en public seront plus limitées ; il va falloir faire preuve de créativité.

— Colin ? Colin James, vous voulez dire ?

Soudain, j'ai la gorge sèche. Le souvenir de son visage me revient d'un coup, comme une claque en pleine figure. Le sourire facile qui faisait ressortir ses fossettes, la façon dont ses cheveux bruns lui tombaient toujours devant les yeux. Ses yeux. Mon Dieu, j'aurais pu m'y perdre.

— Lui-même. Tu as suivi sa carrière ? demande Earl en me jetant un coup d'œil par-dessus une pile de papiers.

Je m'efforce de prendre une expression neutre.

— Il était à Tennessee, alors je le suivais à l'époque. Mais plus depuis qu'il est entré dans la ligue, non.

— Mais oui, c'est vrai ! Comment ai-je pu passer à côté de ces connexions alors que vous étiez tous les deux liés aux Volunteers, l'équipe de l'université ? Vous vous connaissiez ?

Je lui adresse mon meilleur sourire factice. Alors comme ça, mon premier vrai projet sera d'aider l'homme qui m'a brisé le cœur il y a des années.

— Nous étions à la fac en même temps, et nous avions quelques cours en commun.

— Tout devrait bien se passer, dans ce cas. Je te laisse t'y mettre, et je te rappellerai une fois que j'aurai discuté de ce nouveau plan avec Colin.

— Il n'est pas encore au courant ? demandé-je sans parvenir à cacher mon appréhension.

S'il y a bien une chose dont je me souviens à propos de Colin, c'est qu'il déteste être assailli de nouvelles dont personne ne l'avait informé. Ce qui est dommage quand on travaille dans un milieu où on peut être changé d'équipe pour un oui ou pour un non.

— Ça, c'est à moi de m'en inquiéter. Allez, maintenant, va m'inventer un plan infaillible pour redorer son blason.

Un plan pour survivre aux prochaines semaines, surtout.

Parce que travailler avec l'homme qui m'a abandonnée… C'est la pire épreuve que j'ai jamais eu à subir.

Colin

— Earl, vous êtes sérieux ?

— Si tu n'avais pas couché avec la moitié du Colorado, nous n'en serions pas là.

Il me fixe d'un regard noir. Earl est devenu mon agent

l'été dernier, quand le précédent a pris sa retraite. Je l'apprécie beaucoup. La plupart du temps, il est droit et juste, et travaille dur pour m'obtenir les meilleurs contrats. Mais pas aujourd'hui.

— Qu'est-ce que je dois faire ? soupiré-je en me penchant en avant, les coudes appuyés sur mes genoux.

Cette journée n'en finit plus.

— Ça suffit, tes conneries de chaud lapin, Colin. Tu vaux mieux que ça. Mais tant que tu ne peux pas nous le prouver, à moi, à la direction des Lions et à tes fans, tu as besoin d'aide.

— Quel genre d'aide ?

Je suis envahi d'un sentiment de malaise.

— Je te confie à quelqu'un de notre équipe pour te garder sur la bonne voie. Je sais ce que jouer pour les Lions de Denver signifie pour toi ; alors, reprends-toi en main, ou ils te vireront plus vite que tu ne peux dire « joueur libre ».

Je me frotte le visage. Si j'avais reçu un dollar chaque fois que j'ai eu droit à cette remarque aujourd'hui, je pourrais prendre ma retraite dès maintenant.

— Je ne blesse personne, protesté-je.

— Je suis certain que cette femme qui a parlé de toi à tous les journaux ne serait pas du même avis.

— Foutues groupies, marmonné-je.

Si un regard pouvait tuer, je serais six pieds sous terre.

— Denver jouit d'une excellente réputation au sein de la ligue. Ils n'ont pas pour habitude de s'encombrer de joueurs qui se la racontent ou ne représentent pas leurs valeurs. Tu es sur le fil du rasoir, James.

— On croirait entendre mon père.

— Est-ce que tu écoutes ses conseils, à lui ?

— Non.

Il ne s'intéresse qu'au football. Hors de question que je prête attention au moindre de ses mots.

— Dans ce cas, écoute les miens. Sinon, je me retrouverai à te chercher une nouvelle équipe dès la prochaine saison. Si tu ne veux pas finir à Vegas, je te suggère de la jouer moins solo, et plutôt équipe.

Je grimace. Je n'ai aucune envie de quitter Denver. J'ai été pris ici dès ma sortie de l'université ; c'est chez moi, maintenant.

— Alors, qu'est-ce qu'il faut que je fasse ?

— Ah, justement, la voilà ! s'exclame Earl en se levant, détournant son attention de moi.

Je suis son mouvement et me lève à mon tour pour faire face à l'inconnue qui vient d'entrer dans la pièce.

Sauf que ce n'est pas une inconnue, loin de là.

Non.

Je la connais même intimement.

La femme qui a volé mon cœur pendant notre première année de fac et ne me l'a jamais rendu.

— Colin, voici Peyton, notre nouvelle stagiaire. Peyton, voici Colin. Vous vous êtes peut-être déjà croisés pendant votre licence à l'université de Tennessee, mais dans tous les cas, vous ne manquerez pas d'occasions d'apprendre à mieux vous connaître dans les semaines à venir.

Earl me tapote l'épaule tandis que je m'efforce de masquer ma confusion.

— Je vous laisse faire connaissance, continue-t-il. Tammy passera tout à l'heure pour discuter des projets que nous avons mis en place ensemble.

— Merci, Earl, ça marche.

Je ne le regarde pas ; mes yeux sont fixés sur la femme qui me fait face.

Putain. Elle est encore plus belle qu'elle ne l'était à la fac. Ses longs cheveux bruns descendent en boucles souples sur sa poitrine. Elle porte une jupe et un chemisier qui moulent ses superbes courbes. Et ses yeux couleur chocolat ne laissent rien paraître de ses émotions.

Ça, c'est nouveau. Avant, je lisais en elle comme dans un livre ouvert. Mais là ? Il n'y a rien.

Je ne devrais pas la dévisager ainsi, mais je suis sous le choc.

Le bruit sourd de papiers qu'on dépose avec force sur le bureau me ramène au moment présent.

— J'imagine qu'Earl t'a expliqué sur quoi on devrait travailler ensemble, dit-elle sans lever les yeux.

— Qu'est-ce que tu fiches ici, Rocky ? m'exclamé-je, le surnom glissant sur ma langue sans difficulté.

Son regard furieux croise le mien. La voilà, la femme que je connaissais.

— Je ne te suis pas à la trace, si c'est ça qui t'inquiète, répond-elle en croisant les bras. Et je te prierais de m'appeler Peyton.

Ma tête est remplie de pensées qui se bousculent.

La dernière fois que je l'ai vue, je la déposais devant son dortoir en lui disant qu'on se reverrait après notre examen d'économie. Je l'ai embrassée pour lui dire au revoir, et puis plus rien.

Je ne l'ai jamais revue.

— Tu n'as pas répondu à ma question. Que fais-tu ici ? Elle me fixe d'un regard froid.

— Bien que cela ne te regarde pas, sache que j'en suis à ma deuxième année de master, et que ce stage en est la dernière étape.

— Autrement dit, tu as besoin de moi ?

— Mon Dieu, ça ne marchera jamais, murmure Peyton en plaquant une main sur son visage. Tu étais déjà aussi insupportable, à la fac ?

— Tiens, c'est marrant. Dans mon souvenir, tu me *supportais* plutôt bien, à l'époque.

Peyton retire sa main. Le regard dédaigneux qu'elle me lance provoque une vague de frissons le long de mon échine.

— Ce n'est pas étonnant que tu te retrouves dans cette situation. Ce genre de commentaire salace laisse penser que tu ne réfléchis qu'avec ton organe.

— Pourquoi on parle de ma bite, tout à coup ? demandé-je en haussant un sourcil.

— Bonne question. On en a assez parlé.

Peyton m'adresse un sourire qui frôle la grimace et s'assied sur le siège d'en face avant de croiser les bras sur la pile de dossiers posée sur le bureau.

— De quoi veux-tu parler, alors ?

Je n'ai aucune envie d'être enfermé dans une pièce avec elle, mais Earl saura que quelque chose ne va pas s'il me voit sortir d'un coup. Je suis déjà dans la merde, autant ne pas aggraver mon cas.

— J'ai bossé tout l'après-midi sur un plan qui permettra aux fans de Denver de t'aimer à nouveau. Avec mon aide, tout devrait bien se passer.

— Quoi, tu es ma baby-sitter, ça veut dire ?

Ce matin encore, je m'efforçais de ne pas penser à la femme qui m'avait brisé le cœur. Et voilà qu'elle se retrouve face à moi, mon destin entre les mains.

— À défaut d'un meilleur terme… Oui.

— Putain, marmonné-je.

— Crois-moi, cette perspective ne me réjouit pas plus que toi. Mais Earl semble penser qu'on formerait un bon duo.

— Est-ce qu'il est au courant de notre passé commun ? demandé-je dans un chuchotement.

Le bureau d'Earl est petit, mais les ragots vont bon train dans ce genre d'endroit.

— Tu es fou ? J'ai passé une heure ce matin à écouter

son pitch sur l'interdiction formelle de fraterniser avec les clients. Earl serait furieux s'il l'apprenait, siffle Peyton.

Sa colère immédiate contre moi me met sur la défensive.

— Au moins, il comprendrait pourquoi j'agis comme je le fais, marmonné-je pour moi-même.

Quand on perd la fille de ses rêves, on est prêt à tout pour oublier la douleur. C'était exactement mon cas.

J'ai soigné ma peine comme je le pouvais.

C'est-à-dire avec d'autres femmes.

Apparemment, mon commentaire n'était pas aussi discret que je le pensais, parce que Peyton pousse immédiatement son dossier dans ma direction. Une expression étrange recouvre son visage un instant, mais disparaît avant que je puisse l'analyser.

— Tammy m'a demandé de me renseigner sur tous tes exploits passés dans les tabloïdes pour me faire une idée de ce à quoi je devrai m'attaquer. Autant te dire que je n'ai pas particulièrement apprécié l'expérience, dit-elle en baissant les yeux, clairement réticente à l'idée de voir ces images à nouveau.

Mon Dieu. Son dossier comporte tous les articles jamais écrits à mon sujet. Certains sont moins pires que d'autres, mais aucun n'est très flatteur. Pas étonnant que je me retrouve sur la sellette comme ça.

— Et alors, quels éclairs de génie t'ont traversée ? demandé-je.

Je referme le dossier d'un coup sec. J'en ai assez vu.

— Nous allons mener une campagne de bonne volonté. Si les gens ne t'aiment pas en dehors du terrain, ils ne te soutiendront pas quand tu seras dessus. Denver, ce n'est pas Vegas. Ici, on s'attend à ce que les joueurs aient une conduite irréprochable.

— D'accord.

— J'ai fait une liste de quelques événements intéressants. L'association des supportrices des Lions de Denver…

— Est-ce que c'est vraiment une bonne idée, ça ? la coupé-je.

— Tu es déjà allé à une de leurs réunions ? Elles font beaucoup de bénévolat pour le bien de la communauté de la ville, au sens large. C'est le groupe parfait à convaincre de ta bonne foi.

— D'accord.

Elle hausse un sourcil avant de poursuivre :

— Il y a aussi un refuge pour les chiens abandonnés, qui organise une journée d'adoption. Ce serait un partenaire idéal pour toi, surtout si tu peux les soutenir sur la durée.

— D'accord.

Elle m'ignore.

— J'ai aussi noté une vente aux enchères caritative donnant droit à des rendez-vous avec les joueurs. Ce n'est pas la meilleure idée pour toi à l'heure actuelle, à mon avis, mais Earl dit que tu y participes régulièrement, alors je n'ai pas vraiment le choix.

Elle remet ses papiers en ordre.

— D'accord.

— Arrête de dire ça ! s'exclame-t-elle en poussant un grognement de frustration.

— Qu'est-ce que je suis censé dire ? J'ai l'impression que si tu m'ordonnes de sauter et que je ne demande pas à quelle hauteur, c'en est fini de moi.

— Tu comptes être comme ça tout le temps ?

— Comme ça quoi ?

— Désagréable et agressif.

— Ah oui ? Et je devrais me comporter comment, alors, puisque tu sais tout ?

— Tu ne peux pas te contenter d'être poli ? Ça rendrait nos deux vies plus faciles.

— OK. Dis-moi simplement où tu veux que j'aille et quand, et j'y serai.

— Ça, et le football. C'est tout ce que tu as le droit de faire, me rappelle-t-elle en pointant un doigt menaçant dans ma direction.

— Compris.

— Bien.

— Super.

Je n'ai pas l'habitude qu'il règne une telle tension quand je suis avec elle. Mais là, elle tient littéralement mon avenir dans le creux de ses mains. Au moindre faux mouvement de ma part, rien ne l'empêche de tout raconter à Earl.

Et dire que Peyton représentait tout pour moi, avant. On avait des projets : je serais joueur pour la NFL, et elle s'y ferait un nom elle aussi, dans une autre branche, grâce à son talent incroyable.

Et puis elle est partie.

Nous nous sommes déçus, l'un et l'autre.

Désormais, si je la déçois, je perds mon équipe.

Et ça, c'est hors de question.

Chapitre Cinq

— **T**u te moques de moi ? s'écrie Gier en portant sa main à sa bouche. Ton projet pour ce semestre, c'est *le* Colin James ?

Je hoche la tête en vidant le fond de mon verre de vin.

— Comment est-ce que j'ai bien pu m'y prendre pour que le boulot de mes rêves dépende du mec que je déteste le plus au monde ?

— Je n'ai jamais vu quelqu'un d'aussi malchanceux, soupire Grier.

— Mon Dieu, en plus, je suis chargée de lui donner une meilleure image publique. Tu as conscience du nombre de femmes avec lesquelles il a couché ?

— Est-ce que je veux vraiment le savoir ?

— Non, je réponds avec une grimace. Certaines de ces photos sont gravées dans mon esprit à jamais, malheureusement.

— Il était déjà comme ça, en licence ?

Grier me tend la bouteille de vin, mais je secoue la tête.

— Non, même avant qu'on se rencontre. Je n'ai aucune idée de qui est ce nouveau Colin.

— Comment tu vas t'en sortir, si tu dois le voir tout le temps ?

— Je n'en ai pas la moindre idée. Je pensais ne jamais le revoir, et je me retrouve dans la situation inverse. Tous les jours, je vais travailler avec lui tous les jours. Tu sais combien il y a de jours dans une semaine ?

Grier hausse les sourcils.

— Ma chérie, tu t'égares.

— Tu en ferais autant si tu te retrouvais à devoir bosser avec ton ex !

— Il devait aussi y avoir de bons côtés à votre relation, non ? me demande Grier avec une expression innocente.

Je joue avec le collier que je n'ai jamais pu me résoudre à jeter. Il n'y avait *que* de bons côtés à notre relation. On se disputait de temps en temps, bien sûr, mais on était surtout fous l'un de l'autre dès notre rencontre.

— Ce n'est pas facile de réconcilier l'homme qu'il était et celui qu'il semble être devenu. Je le reconnais à peine.

— Peut-être que ce sera plus facile de rester professionnelle, dans ce cas.

— Je l'espère. Il ne manquerait plus qu'il gâche l'opportunité que j'ai enfin obtenue.

— Tu pourrais l'imaginer nu, suggère Grier. C'est ce qu'on recommande pour calmer ses nerfs, d'habitude, non ?

J'éclate de rire.

— Quand on doit s'exprimer devant un public, oui.

— Il aurait bien besoin d'une leçon.

— Pour arrêter de sortir sa queue à la moindre occasion ?

Grier manque de s'étouffer avec sa boisson.

— Mince, Peyton. Préviens-moi, la prochaine fois ! s'exclame-t-elle en essuyant le vin qui lui coule sur le menton.

— Quoi ? C'est sa queue qui m'a mise dans ce pétrin.

— Pourquoi est-ce qu'on parle encore de son organe ?

— C'est toi qui as commencé.

— Non, c'est toi, me corrige Grier.

Je lève les yeux au ciel et remplis mon verre.

— Sérieusement, Grier. Comment je vais faire ?

Ça y est, la panique commence à monter.

Tout ce que j'ai toujours voulu est à portée de main. Travailler pour la NFL a été mon rêve aussi longtemps que je m'en souvienne, bien avant l'arrivée de Colin dans ma vie. Et je suis si proche du but.

Tout ça pour que l'homme que j'aurais été heureuse de ne plus jamais croiser finisse par se tenir entre moi et mon objectif.

Je dois veiller à garder mon cœur en dehors de tout ça. Si je survis à ce semestre, je pourrai survivre à tout.

— Je vais simplement essayer de garder mes distances et de ne pas me retrouver à nouveau entraînée dans la vie de Colin.

— Essaie surtout de ne pas trop te concentrer sur sa queue.

Chapitre Six

COLIN

Tu es vraiment incapable de ne pas coucher avec
la première venue ? me demande Knox en soule-
vant son haltère.

— On a vraiment besoin d'avoir cette conversation ?
répliqué-je en essuyant la sueur qui me couvre le front.

— Mec. Tu as fait la une de tous les magazines pour
t'être fait sucer avant d'abandonner la nana, fait remarquer Jackson depuis le sol, où il fait des abdos. C'est un peu
un comportement de connard, quand même.

— Je n'ai jamais dit que c'était une bonne idée, crétin,
grogné-je en jetant ma serviette dans sa direction. C'est
juste… Je ne sais pas. Je me suis pris la tête tout seul.

— Tu pourrais te prendre la tête ailleurs, à l'avenir ?
Peut-être sans mettre d'abord ta bite dans la bouche de
quelqu'un ?

Alex est penché en avant, les bras appuyés sur la barre
de l'haltère que Knox vient d'abandonner. J'ai l'impression
que nous passons plus de temps ici que dans tout le reste
du complexe.

— Je ne suis pas sûr d'avoir déjà entendu autant de gars parler de ta bite, remarque Logan en riant.

— Mieux vaut qu'on parle de la sienne que de la mienne, répond tranquillement Alex.

— Fermez-la, les gars. C'est du sérieux. Et si je me faisais virer ?

Logan pâlit.

— Tu te fous de moi.

— Ils ne vont pas *vraiment* te dégager, si ? murmure Jackson.

Comme si le dire à voix haute en augmentait la possibilité.

— J'en sais foutre rien. Mais je ne pense pas qu'Earl en parlerait s'il n'y avait pas la moindre chance que je me retrouve joueur libre l'an prochain.

— Autrement dit, tu as risqué ta carrière entière pour une pipe médiocre, fait Alex en secouant la tête, la déception palpable dans sa voix. Tu es censé être un capitaine.

Ses mots ne me feraient pas plus de mal s'il les avait gravés au couteau à même mon cœur.

— Putain, Alex.

Je sais que j'ai merdé, et maintenant, je me retrouve à devoir gérer en plus l'irruption de Peyton dans ma vie ?

— Comment tu vas te sortir de là ? demande Jackson. Maintenant que je suis de retour, cette saison, on a vraiment nos chances…

Il n'a pas besoin de préciser. Nous savons tous exactement de quoi il parle. Et les footballeurs ont tous des tendances superstitieuses.

— Earl a monté un vaste plan pour me rendre à nouveau tolérable aux yeux des fans.

— Dans ce cas, tu es vraiment foutu, commente Knox avec un reniflement amusé.

— Mec, ta gueule ! intervient Jackson.

— C'est quoi, son plan, à Earl ? veut savoir Alex.

— Une réhabilitation complète de mon image publique, je réponds dans un grognement.

— Oh, c'est trop beau ! s'exclame Knox en riant.

— Content que ma misère t'amuse, au moins, soupiré-je en me passant la main sur le visage.

— Écoute, Earl ne te conseillerait jamais quelque chose de pareil si ce n'était pas la meilleure solution, me rassure Alex.

Nous avons le même agent, alors il sait ce qu'il dit.

— Le vrai problème, c'est qu'il va falloir que je travaille avec la personne responsable du projet, et elle pourrait bien faire de ma vie un enfer.

Volontairement, je ne précise pas de qui il s'agit.

— Oh, merde. Est-ce qu'on veut vraiment en savoir plus ? s'inquiète Knox.

— Peut-être qu'un peu d'humilité te ferait du bien, remarque Alex avant de jeter un coup d'œil à Knox.

Ils échangent un regard sceptique.

— Hé, je suis humble, bande d'abrutis.

— Et tu vas vraiment faire de ton mieux ? Je veux dire, faire ton possible pour que ce plan fonctionne, pour que tu ne te fasses pas virer ? demande Jackson d'une voix fatiguée. Mon Dieu, je suis déjà désolé pour cette personne dont tu parles.

— Je suis sûr qu'elle s'en sortira très bien.

— Attends, c'est une femme ? Dans ce cas, bon courage à elle, plaisante Jackson.

— On ne peut pas tous être sortis avec exactement deux meufs dans notre vie, répliqué-je en lui faisant un doigt d'honneur. En plus, je suis tout à fait capable de ne pas coucher avec elle si c'est pour le bien de l'équipe.

— Vous voulez qu'on parie ? Ce serait de l'argent facile, lance Knox aux autres.

— Hé ! essayé-je de me défendre. Si jamais vous vous retrouvez dans cette situation un jour, sachez que je prierai pour votre échec.

— Impossible. Tu nous aimes trop, déclare Logan avec un regard rempli d'espoir.

— Vous n'êtes qu'une bande d'enfoirés, grogné-je en retournant à mes haltères.

— Des enfoirés que tu adores, rétorque Logan avec un sourire dont il s'est certainement déjà servi sur une groupie ou deux.

— Des enfoirés avant tout.

— Eh bien, cet enfoiré te supplie de te reprendre en main, au moins pour la saison, me lance Alex.

Je lui adresse mon sourire le plus charmeur.

— Quand me suis-je jamais laissé aller pendant une saison ?

Il lève les yeux au ciel.

— Je retire ce que j'ai dit tout à l'heure. Tu es foutu, mec. Complètement foutu.

— Encore une tournée ? On ne va pas tarder à fermer.

Au cours de l'heure passée, le bar s'est vidé autour de moi. Après tout ce qui m'est tombé dessus aujourd'hui, j'avais besoin de me changer les idées. Est-ce que j'avais l'intention d'ignorer sciemment tous les ordres d'Earl ?

Non.

Mais je devenais fou, à la maison. Comme si les murs allaient se refermer sur moi et m'écraser. Il fallait que je sorte.

— Une autre bière, s'il vous plaît ! lancé-je au serveur en inclinant mon verre dans sa direction.

Ce que j'aime dans cet endroit, c'est qu'ils ne posent

pas de questions. Je peux tout à fait rester seul ici, à me noyer dans ma propre misère. Je n'ai jamais eu de tendances à l'autoapitoiement, mais après m'être fait enguirlander par Earl et par l'équipe toute la journée ?

Évidemment, j'ai envie de me plaindre.

Le serveur dépose une pinte de bière devant moi, et je descends le verre d'un coup, savourant la fraîcheur de la boisson qui fait du bien à mes nerfs à vif.

Bénie soit cette gargote si proche de chez moi, où je peux être tranquille.

Enfin, d'habitude. Mais ce soir, une voix familière éclate soudain dans mon dos.

— Qu'est-ce que tu n'as pas compris dans les mots « reste chez toi » ?

La colère qui paraît dans sa question me pousse à me retourner sur mon tabouret.

Je ne crois pas avoir déjà vu Peyton aussi furieuse. Ni aussi belle. Avec son legging et son t-shirt blanc tout simple, sans maquillage, les cheveux noués en un chignon compliqué, elle me rappelle la fille qu'elle était à la fac.

Ce qui me rend furieux à mon tour.

— Qu'est-ce que tu fiches ici ? grogné-je avant de retourner à ma bière, passant mes doigts sur le verre glacé.

— Earl m'a appelée. C'est à moi de veiller sur toi, maintenant.

— Quelle chance tu as, dis-je d'une voix sans inflexion.

— Oui, c'est exactement comme ça que je rêvais de passer mon jeudi soir. À me rendre dans un bar miteux pour te traîner jusque chez toi.

— Attention, on pourrait croire que tu m'apprécies.

Elle laisse échapper un rire sardonique.

— Ah, oui. Laisse-moi me jeter sur toi comme toutes les autres femmes de Denver. Je ne peux pas te résister, comment l'as-tu deviné ?

Le sarcasme de ses mots me fait mal.

— C'est bon, putain. J'avais besoin de sortir de chez moi. Personne ne t'a demandé de venir me chercher.

Peyton lève l'index vers moi en déverrouillant son portable de l'autre main. Elle fait défiler Twitter et me montre une notification reçue une heure plus tôt.

FANDESLIONS87 : *Colin James aperçu seul dans un boui-boui du coin. Dépêchez-vous, mesdames !*

SOUS LE TWEET, une photo de moi, tout seul au bar.

Putain de merde.

— Je n'ai jamais demandé à ce qu'on me prenne en photo sans mon accord.

— Ça n'a aucune importance, réplique Peyton en secouant la tête. Tu es une célébrité. Tu es disponible à chaque instant pour la consommation du public, que tu le veuilles ou non.

— Tu crois vraiment que je n'en ai pas conscience ?

Je termine mon verre d'une seule gorgée.

Peyton croise les bras sans me lâcher de son regard dur.

— Dans ce cas, pourquoi suis-je ici, à minuit, un jeudi soir ?

Je jette une poignée de billets sur le comptoir pour payer mes boissons de la soirée et ressors d'un pas furieux par la porte arrière, où j'étais entré tout à l'heure.

— Je n'ai pas le temps pour ces conneries.

Elle s'engage à ma suite dans l'allée, ses pas saccadés trahissant son humeur.

— Parce que tu crois que j'en ai, moi ? me crie-t-elle.

Sa voix résonne dans la ruelle étroite.

Avant que j'aie pu franchir les trois mètres qui me

séparent de ma voiture, Peyton m'attrape le bras et me retourne face à elle. La lueur des lampadaires éclaire faiblement les traits de son visage.

À l'époque, je les connaissais par cœur.

Les mèches de cheveux doux qui tombent sur son front.

Ses cils, si longs qu'ils caressent le haut de ses joues.

La moue constante que lui donne sa lèvre supérieure plus avancée.

Je secoue la tête, m'efforçant d'ignorer la sensation de ses doigts pressés sur mon biceps.

— Colin. J'ai enfin obtenu le poste de mes rêves. Tu crois vraiment que j'ai envie de te servir de baby-sitter ?

— Je suis vraiment navré de rendre ta vie plus difficile, je réponds en levant les yeux au ciel avant de dégager mon bras.

Il ne manquerait plus que sa proximité m'embrouille les idées.

— Je pourrais être en train de faire des milliers de choses plus intéressantes, mais non, je me retrouve à devoir te surveiller !

— Autant que tu en aies pour ton argent, alors.

J'ai du mal à respirer. Il n'y a pas assez de place dans cette allée. Où que je me tourne, je suis assailli par l'odeur de jasmin du parfum de Peyton.

Je reconnaîtrais la marque entre mille. Je lui en achetais tout le temps, avant.

Je déteste tous ces souvenirs qui remontent brutalement à la surface. Ce n'est vraiment pas le moment.

— Putain, Colin ! Tu ne peux pas rendre ça plus facile ? s'écrie-t-elle d'une voix pleine de frustration.

— Facile ? Tu ne manques pas d'air ! m'exclamé-je avec un rire moqueur.

— Est-ce que tu te représentes l'effet que ça fait ? De

devoir éplucher des dizaines de magazines à la recherche d'articles sur toi et toutes tes groupies ?

Je distingue de la douleur dans ses yeux. Mais le ton moralisateur de sa voix me met sur la défensive.

— Peyton, merde. Tu n'as aucun droit de me juger pour des décisions que j'ai prises quand tu es partie.

Elle vacille.

— Quand *je* suis partie ? Va te faire foutre, Colin ! C'est toi qui as été pris chez les Lions et qui ne pouvais soudain plus t'embarrasser d'une petite amie de fac !

On ne devrait pas être là, dans cette allée, à s'envoyer à la figure l'équivalent de cinq ans de frustration.

Et pourtant, c'est exactement ce qui se passe.

La frustration. La colère. La douleur.

Elle est partie sans un regard en arrière, et ç'a été la pire épreuve de ma vie : devoir oublier la femme avec laquelle j'avais espéré passer le restant de mes jours.

Heureusement que j'ai été pris chez les Lions et que je suis venu à Denver. C'est ce qui m'a sauvé.

Je m'avance d'un pas vers elle.

— Si c'est dur à ce point, pourquoi tu ne demandes pas à être affectée à un autre projet ?

Nos poitrines se frôlent. Nos corps vibrent tous les deux de colère.

— Oui, pour remercier Earl de cette opportunité avant de déclarer que je ne peux pas travailler avec mon ex ? Tu aimerais bien, hein ?

— Si ça peut m'éviter les rencontres surprises dans des ruelles obscures, oui.

Peyton relève la tête pour me fusiller du regard. Je ne sais pas quand nous nous sommes autant rapprochés l'un de l'autre.

— Dommage pour toi, je n'ai pas l'intention de me laisser intimider.

— Moi qui pensais qu'il en fallait peu pour que tu t'enfuies en courant.

— Connard !

Peyton me repousse, mais j'attrape la main qu'elle a posée sur mon torse.

La tension entre nous atteint son apogée. Peyton ne fait pas un geste pour se dégager. Nous ne nous quittons pas des yeux.

Je ne saurais pas dire lequel de nous deux cède en premier, mais l'instant d'après, nos bouches s'écrasent l'une contre l'autre. Nous nous battons pour prendre le contrôle de notre premier baiser depuis cinq ans.

La sensation est inédite et familière à la fois.

Je tire sur sa lèvre inférieure du bout des dents. Le doux gémissement qui lui échappe a pour effet de durcir ma queue sous mon pantalon avant que je n'attaque sa bouche de nouveau.

Putain. J'avais oublié à quel point elle embrassait bien. Ses mains se glissent dans mes cheveux, tirent comme elle avait l'habitude de le faire.

Je la repousse contre le mur de briques et redouble d'ardeur. Le baiser se fait plus intense. J'en ai besoin. Je sais que c'est une mauvaise idée, mais putain.

Il n'y a rien à faire.

Cette femme m'a toujours rendu fou de désir. Même aujourd'hui, avec toutes les émotions tordues que je ressens envers elle, je suis à ses pieds.

Ma bouche descend le long de sa mâchoire, mordille sa peau, la suce. Je ne pense plus qu'à la ramener chez moi lorsqu'elle me repousse brutalement.

Les lèvres de Peyton sont gonflées, ses yeux flous de désir.

Putain.

Putain.

On n'aurait jamais dû faire ça. Maintenant que la tension sexuelle est suffisamment résolue, il n'y a plus que la colère. Je ne devrais pas la désirer. Surtout pas quand ma carrière entière en dépend.

— Ça ne se reproduira pas, murmure-t-elle.

— C'était une erreur, acquiescé-je.

— Bien. On se voit demain, alors ?

— Apparemment.

Je la regarde s'éloigner jusqu'à sa voiture. Incapable de penser à autre chose qu'à notre baiser.

Merde.

Les semaines à venir vont être les plus difficiles de ma vie.

Chapitre Sept

COLIN

— Tu te souviens bien de ce qu'on a dit ?

Peyton est concentrée sur un objet dans sa main et ne me prête aucune attention. Au lieu de me donner rendez-vous à son bureau pour planifier l'événement de ce soir, elle m'a envoyé ses ordres par mail.

Notamment une longue liste de ce que je n'avais *pas le droit* de faire.

— Respire, la rassuré-je en posant instinctivement la main sur son épaule. C'est dans la poche.

Elle se dégage et se retourne vers moi.

— Tout le monde a l'air de trouver que c'est une excellente idée de t'amener ici. Mais moi, ça m'inquiète. Donc, je répète : est-ce que tu te souviens bien de ce qu'on a dit ?

Cette fois-ci, ses sourcils sont froncés de dédain. Je ne crois pas l'avoir déjà vue agir comme ça. Enfin, en tout cas, pas avec moi.

— Rester loin des sujets sensibles. Refuser de parler de l'article, signer les autographes et prendre les selfies quand on me le demande.

Peyton soupire et marmonne une phrase inaudible.

— Pardon, Rocky, je n'ai pas entendu.

— Ne rends pas cette soirée plus difficile qu'elle doit l'être. Ces dames comptent parmi les supporters les plus fervents de l'équipe, et je veux que tout se passe bien. Sois chaleureux, sois courtois, et essaie de ne pas te montrer trop arrogant.

— Compte sur moi, Peyton. Tu vas voir.

J'infuse mes mots d'une assurance que je ne ressens pas. Le fait que toutes mes indiscrétions passées soient publiques et connues de l'ensemble des gens présents ne m'aide pas à me sentir à l'aise. Surtout lorsque mon ex est payée pour me le rappeler constamment.

J'ouvre la porte de la salle de conférence et tous les regards se tournent vers moi. Difficile de ne pas sentir la vague de jugement écrasante qui provient de l'association des supportrices des Lions de Denver. J'ai déjà participé à quelques-unes de leurs soirées par le passé, mais cela faisait un moment.

— Colin. Quel plaisir de te voir, me salue Maryanne, la directrice.

— Ah, voilà ma supportrice préférée !

Je lui serre la main et me détends légèrement. Elle a toujours fait partie de celles avec lesquelles j'étais le plus à l'aise.

—Je suis certaine que tu dis ça à toutes les femmes que tu croises.

— Faux. Je ne le dis que quand c'est la vérité, répliqué-je avec un clin d'œil.

Elle me donne une tape sur le bras de sa main parfaitement manucurée.

— Nous avons de nouvelles membres que j'aimerais te présenter.

—Je vous suis.

Je sens la présence de Peyton dans mon dos. J'aurais

beau essayer, je serais incapable de l'ignorer. Elle est entourée d'une aura de tension intense. Je savais que ce serait difficile pour elle de travailler avec moi, mais là, elle est comme un élastique tiré à l'extrême. Tendue, au bord de la rupture.

— Mesdames, je vous présente notre receveur star, Colin James.

— Mais c'est qu'il est bien plus mignon en vrai ! s'exclame une femme aux cheveux blonds crêpés plus que je ne le pensais humainement possible.

Elle me dévisage des pieds à la tête. Je ne me suis jamais senti aussi exposé.

— Comment allez-vous, toutes ? C'est la première fois que vous participez à une de ces réunions ? demandé-je dans un effort de cordialité.

— Lara est une nouvelle membre, m'explique Maryanne en désignant la femme qui vient de parler. Elle voudrait être plus impliquée dans la préparation des événements communautaires organisés par les Lions chaque année.

— C'est super. On en a prévu de bons, cette année.

Cela fait partie des raisons pour lesquelles j'aime autant Denver. L'implication de l'équipe dans la communauté de la ville est chose rare parmi les équipes de football du pays. J'aime le fait que les supportrices organisent des événements ou actions caritatives au profit des différentes associations que les Lions soutiennent.

— Si cela ne vous dérange pas…, commence Lara.

Elle passe son bras sous le mien avant de reprendre :

— Je serais ravie de vous exposer certaines de mes idées plus en détail.

Le ton exagérément doux de sa voix me fait grincer des dents. Je m'apprête à décliner son offre, mais les mots de Peyton me reviennent à l'esprit. *Sois chaleureux et courtois.*

— Cela fait longtemps que vous soutenez les Lions de Denver ?

Ma question par défaut dans ce genre de situation.

— Mon *ex*-mari était un grand fan. C'est avec lui que j'ai commencé à m'intéresser à l'équipe, répond Lara.

Mon Dieu, quel dommage qu'elles ne servent pas d'alcool à leurs réceptions. Je ne manque pas son accent sur le mot « ex ». Il ne manquait plus que ça.

— J'espère que nous vous apporterons des résultats à la hauteur de vos attentes.

Elle éclate d'un rire suraigu, à me percer les tympans.

— Quelle modestie ! Bien sûr que la saison va être un succès. Surtout avec des bras comme ça…, commente-t-elle en pressant mon biceps. Vous allez attraper des passes sur tout le terrain.

— Alex est un excellent *quarterback*, détourné-je en reculant d'un pas pour remettre un peu de distance entre nous. L'un des meilleurs.

— Pourquoi n'est-il pas venu, ce soir ? demande-t-elle en balayant la pièce du regard comme si son attention suffirait à le faire se matérialiser parmi nous.

— Vous êtes déçue qu'il n'y ait que moi ?

Ma question attire son attention sur mon corps de nouveau. Putain. Je ne peux pas m'empêcher de flirter, même quand je n'en ai aucune envie. Un réflexe que j'aimerais pouvoir désactiver.

— Mon chéri, je suis tout sauf déçue, susurre-t-elle.

Elle jette un coup d'œil autour de nous avant de s'avancer vers moi jusqu'à coller presque ses seins sous mon visage. Une paire offerte par son mari, sans aucun doute.

— Tu veux me ramener chez toi, ce soir ? Je pourrais vérifier si ces articles disent la vérité…

— Excusez-moi, je peux vous emprunter Colin une

minute ? demande soudain Peyton en apparaissant près de nous.

Merci, mon Dieu.

— Bien sûr, pas de soucis. J'apprenais juste à le connaître, répond Lara avant de glisser un ongle d'un rouge brillant le long de mon bras. Viens me chercher avant de partir. Mon offre est toujours valable, ajoute-t-elle à mon intention.

Après un dernier clin d'œil, elle s'en va.

La poigne de Peyton serre mon bras comme un étau. C'est la seule chose qui me retient de m'enfuir en courant, comme un chien, la queue entre les jambes.

— Arrête de flirter, bon sang, siffle-t-elle entre ses dents serrées en m'attirant dans un recoin à l'écart des autres invités.

— Je ne sais pas ce que tu as observé de notre interaction, mais ce n'était clairement pas *moi* qui flirtais.

— On aurait dit, pourtant, dit-elle en croisant les bras.

Je sais comment je suis censé me comporter ce soir, mais là, à l'instant ? Je n'ai qu'une envie, c'est d'affronter Peyton. J'en ai assez de ses airs de reine des glaces, surtout que cette fois, je n'ai rien fait de mal.

— Je ne peux pas vraiment me comporter comme un connard avec ces femmes. Un peu de flirt léger ne fait pas de mal.

J'observe sa posture défensive et continue :

— Pourquoi ? Ça t'agace, que je flirte avec quelqu'un d'autre que toi ?

— Je t'en prie ! s'exclame-t-elle avec un rire sardonique. Comme si *elle* pouvait me rendre jalouse.

Les commissures de mes lèvres se relèvent très légèrement. Qu'elle en ait conscience ou non, Peyton est en train de se révéler. Depuis mon arrivée ce soir, elle n'a pas baissé sa garde. C'est comme s'il ne s'était jamais rien passé, dans ce bar.

— Je n'ai jamais parlé de jalousie.

Je ne manque pas ni ses yeux qui s'écarquillent ni ses joues qui rougissent. Prise la main dans le sac.

— Tu voulais me proposer de me ramener chez toi, c'est ça ?

Je ne devrais pas la provoquer ainsi, mais cette soirée m'épuise.

— Tu ne peux pas sérieusement envisager de rentrer avec cette femme ! s'écrie Peyton en enfonçant son index dans ma poitrine. Tu as conscience de l'image déplorable que ça donnerait ?

— Aussi déplorable que si je rentrais avec toi, j'imagine.

— Putain, Colin !

Cette fois, elle me repousse carrément.

— Pourquoi tu te comportes comme ça ? Tu ne vois pas que tes actions ont des conséquences ?

— Je commence à me lasser de m'entendre dire à longueur de journée à quel point je suis une personne horrible.

Je presse Peyton contre le mur sans prendre la peine de cacher la colère qui commence à monter.

— Je n'ai jamais dit que tu étais une personne horrible.

— C'est un détail, Rocky, soupiré-je en levant les yeux au ciel.

— Arrête de m'appeler comme ça.

Le feu que je vois dans son regard reflète celui du mien. Ses yeux chocolat sont remplis de fureur.

Mince. Ça me rappelle la première fois qu'on a couché ensemble pendant une dispute. Toute cette pression, relâchée d'un coup. C'est ce même regard brûlant qu'elle m'adresse à présent. Un regard qui me donne envie de la traîner dans une pièce vide et de sentir sa chaleur autour de moi.

Cela suffit presque à détourner mon attention de ses mots.

Presque.

— Alors, arrête de me dire que je suis horrible, grondé-je.

Je me rapproche encore plus, et elle lève le menton.

— Je ne l'ai jamais dit.

Ses mains remontent sur ma poitrine. Elle sent les battements erratiques de mon cœur, c'est certain.

— Tes actions le sont, par contre. Tu es capable de réfléchir avec autre chose que ta queue, sérieusement ?

— Tu ne devrais pas plutôt la remercier, ma queue ?

Peyton laisse échapper un rire. Son souffle est chaud sur ma peau.

— Est-ce qu'on peut arrêter de parler de ton organe, par pitié ? Mon Dieu, le nombre de fois où ce sujet est arrivé sur le tapis !

— C'est toi qui as commencé à en parler.

— Seulement parce que c'est la cause de tous mes maux ! Si tu ne ressentais pas le besoin irrépressible de coucher avec toutes les femmes que tu croises, on n'en serait pas là !

Une émotion qui ressemble affreusement à de la tristesse traverse son regard. Cela fait partie des choses que j'ai toujours appréciées chez elle : elle est si facile à lire.

— C'est pour ça que tu me détestes autant ? Parce que ce n'est pas avec toi que je couche ?

— Ma vie serait plus facile si ce n'était que ça.

Son aveu m'atteint comme un poing en plein ventre.

— Colin. Mademoiselle…

Maryanne se dirige vers nous.

— Thompson, complète Peyton sans me quitter du regard.

Elle crache presque du feu. Je ne serais pas surpris que de la fumée lui sorte tout à coup des oreilles. Je recule de deux pas, mettant enfin entre nous la distance règlementaire.

— Vous commencez à attirer de l'attention indésirable. Pourriez-vous continuer votre conversation ultérieurement ?

— Toutes mes excuses, madame. Je suis vraiment navrée.

Peyton lisse sa robe du plat de la main. Comme un interrupteur qu'on active, elle est repassée en mode professionnel.

Il me faut plus de temps. Ma poitrine se serre encore du trop-plein d'émotions.

Le désir. La colère.

Nous étions d'accord pour dire que notre baiser était une erreur, et pourtant à l'instant, je ne rêve que d'une chose : recommencer. Mais c'est impossible.

C'est hors de question.

Je secoue la tête dans l'espoir de reprendre mes esprits et retourne faire la conversation aux supportrices, en m'assurant de me comporter de manière irréprochable et de rester à une distance respectable de Lara.

Et de Peyton.

Qui s'avère être la plus dangereuse de toutes.

Chapitre Huit

PEYTON

— Comment ça se passe, avec Colin ? me demande Grier en vidant d'une traite le shot qu'elle vient de commander. On a le droit de dire son nom, maintenant, hein ? Vu que vous bossez ensemble ?

J'avale mon propre shot ; j'ai bien l'intention de profiter un maximum de notre soirée.

— Oui, tu peux dire son nom. Et on va dire que ça se passe, ce qui est déjà bien.

— Oh, intéressant.

Elle se frotte les mains, visiblement avide de détails.

Je mords dans le citron vert pour parer à l'amertume de la tequila.

— C'est tout ou rien, à chaque fois. Je n'arrive pas à savoir où j'en suis, avec lui. Je voudrais rester professionnelle, mais il n'arrête pas de me regarder.

— Grands dieux, non ! Il te regarde ! Comment ose-t-il ? s'exclame Grier avec un hoquet dramatique.

— Arrête ! dis-je en riant. Tu vois ce que je veux dire.

— Tu veux dire qu'il t'adresse des regards chargés et lourds de sens ?

— Oui ! J'aimerais qu'on se comporte de manière professionnelle tous les deux, mais c'est dur.

— Je parie que c'est surtout lui, qui est dur, commente Grier en remuant les sourcils.

— Grier ! Tu n'es pas sortable ! m'écrié-je en lui jetant mon écorce de citron dessus.

Elle éclate de rire.

— Tu m'as tendu une perche, là. Je n'allais pas la refuser !

— Peut-être qu'il te faut juste un mec… Ça te calmerait.

— Tu as des footballeurs beaux gosses à me présenter ?

Je suis traversée d'un éclair de jalousie brûlant. Je sais que Grier ne s'attaquerait jamais à Colin, mais cette seule pensée suffit à me donner envie de me battre pour mon homme.

Sauf que ce n'est pas mon homme. Plus maintenant.

— Du calme, chérie. Je ne parlais pas de Colin.

— Tu vois ? C'est ça, mon problème ! m'exclamé-je en me couvrant le visage. Je le veux, mais je n'en ai pas le droit. Pourquoi est-ce si compliqué d'être adulte ?

— Je pense que tu te prends trop la tête, déclare Grier en priant d'un geste le barman de nous apporter deux autres shots, accompagnés de margaritas, cette fois.

— Je pourrais perdre mon travail s'il se passait quelque chose entre nous. Et ce n'est pas une opportunité que je peux me permettre de manquer.

— Facile. Dans ce cas, tu n'as qu'à rien entreprendre, réplique-t-elle en me passant un des verres que le barman a posés devant elle. Attends, pourquoi ? Il se passe quelque chose ? J'ai raté un truc ?

Mes joues virent au cramoisi. Grier le remarque et ouvre de grands yeux.

— Balance, chérie.

— On s'est embrassés.

— Vous vous êtes embrassés ?! s'écrie-t-elle d'une voix suraiguë, informant du même coup le bar entier de mes tourments.

— Moins fort, enfin !

— Pardon, s'excuse-t-elle en levant une main. Mais tu as embrassé l'homme qui t'a brisé le cœur en licence. Comment est-ce que je suis censée réagir ?

— C'était une erreur de jugement. Ça n'arrivera plus.

— À ton grand regret, pointe Grier en passant le doigt dans le sel qui décore le haut de son verre.

— Oui. Non. Je ne sais pas. Mon Dieu, cet homme m'insupporte.

— Couche avec lui un bon coup, ça ira mieux, me conseille-t-elle en s'essuyant les mains comme si le problème était réglé.

— Merci de me mettre cette pensée en tête.

— Vous feriez de si jolis bébés, tous les deux.

Je pousse un grognement à ces mots. Grier est au courant de la majorité de ce qui s'est passé entre Colin et moi à la fac, mais elle ne sait pas tout. En l'occurrence, ce n'était pas quelque chose dont j'avais envie de lui faire part.

— Tu ne m'aides vraiment pas. Pourquoi on est amies, déjà ? dis-je en riant dans un effort pour éloigner mes pensées de mes souvenirs les plus sombres.

— Ta vie serait si ennuyeuse sans moi.

— J'ai bien envie d'une vie ennuyeuse, à l'instant. Où je n'aurais pas besoin de m'inquiéter de Colin ni du travail que je risque de perdre.

Nous sommes deux étrangers, à présent, lui et moi. En train d'essayer de survivre au champ de mines que nous avons planté entre nous. La métaphore est appropriée : au moindre faux pas, les conséquences seraient tragiques. Pour lui comme pour moi.

Colin pourrait se faire renvoyer de l'équipe. Et moi, un tel incident pourrait me coûter toute future carrière dans le milieu du sport, avant même que je n'aie pu y faire mes preuves.

— Allô, la Terre à Peyton ? me fait Grier en claquant des doigts devant mes yeux.

— Pardon.

Je secoue la tête pour me débarrasser des toiles d'araignées qui polluent mon cerveau.

— Mince alors. Ça te préoccupe vraiment, murmure Grier.

J'appuie mon coude sur le bar pour appuyer mon menton sur ma main.

— La seule solution, c'est de prendre quelques shots de plus avec toi. Tout ira mieux, après.

Son rire adoucit légèrement la douleur qui me serre la poitrine.

— Je ne sais pas si tu te sentiras vraiment mieux. Mais au moins, ça te fera oublier.

— Si ça m'empêche de devenir folle, je conclus en levant mon verre pour le faire tinter contre le sien avant d'en vider le contenu glacé d'un trait.

— Tu peux supporter la situation pour quelques mois, tu vas y arriver. Concentre-toi sur ton but : obtenir un poste auprès d'une des meilleures équipes de la NFL. Ou dans l'agence d'Earl Markham.

— Mon Dieu, c'est mon rêve.

— Et tu serais folle de l'abandonner pour un mec, me rappelle Grier.

Je me redresse.

— Tu as raison. Colin n'a pas hésité à me laisser

tomber, à la fac, alors pourquoi je devrais me prendre la tête à cause de lui, maintenant ?

Grier lève la main, et je tape dedans avec enthousiasme.

— C'est ça, ma grande ! Un gars qui te jette comme ça n'en vaut certainement pas la peine.

— Je suis incroyable. Tous les mecs auraient de la chance de m'avoir.

— Et moi aussi ! ajoute Grier. On est des bombes.

— C'est bien vrai. Il faut se concentrer sur l'avenir, pas sur le passé.

— Tu vas tout déchirer pendant ton stage, trouver un travail fantastique, et rencontrer l'amour de ta vie.

Je sais que ces mots ne devraient pas convoquer immédiatement l'image de Colin dans mon esprit, mais c'est le cas. Et il me faut toute ma volonté pour repousser le désir dont je suis traversée ; ce n'est pas ce qu'il me faut.

Je dois me concentrer sur mon stage, mon diplôme, et la carrière de mes rêves.

L'homme de mes rêves a déjà eu sa chance, et il l'a laissé passer. Depuis, je ne me suis plus préoccupée d'autre chose que de mon objectif. Bien sûr, quelques hommes sont apparus sur mon chemin de temps à autre, mais aucun n'a suffi à m'en détourner.

La réapparition de Colin dans ma vie ne devrait rien y changer. Il est hors de question que cela change quoi que ce soit.

— Tu as raison. Ces prochains mois vont être incroyables, je le sens.

Grier m'adresse un sourire éclatant.

— Et je te le rappelle au cas où tu en aies besoin : ne couche pas avec Colin.

Plus facile à dire qu'à faire.

Chapitre Neuf

COLIN

— Je suis vraiment obligé de faire ça ? demandé-je en ajustant les ourlets de mes manches pour ce qui doit être la huitième fois de la soirée.

— La vraie question, c'est pourquoi tu nous as tous traînés avec toi, grogne Knox.

— Hé ! m'exclamé-je en levant les mains en signe de défense. À l'époque, ça me paraissait une bonne idée.

— C'est ça. Dans mon souvenir, tu disais surtout que ce serait une bonne manière de « rencontrer des meufs bonnes », réplique Knox en haussant un sourcil qui me défie de prétendre le contraire.

— C'est… la stricte vérité. Putain, soupiré-je.

Je me passe une main sur le visage en priant pour que le temps s'écoule le plus vite possible.

— Tu as besoin d'un verre, c'est tout. Ça va être super ! me rassure Logan en me tendant un verre de whisky que je vide en une gorgée.

— Tu sais que tu n'as pas le droit de coucher avec la femme avec qui tu vas passer la soirée, hein ? lui demande

Alex en le fixant d'un regard intense. C'est un événement caritatif ; on essaie de récolter de l'argent pour construire la nouvelle aile dédiée à la recherche sur le cancer de l'hôpital pédiatrique, je le rappelle.

— Détends-toi, Alex. Il est au courant, intervient Knox.

— Oui, bien sûr.

L'expression de Logan le trahit. Il comptait clairement se taper la personne qui remporte le rendez-vous avec lui ce soir.

— Je suis étonné qu'on fasse encore des enchères comme ça, où on peut gagner le droit de passer du temps avec les joueurs, commenté-je en tendant mon verre à Jackson pour qu'il me serve.

— Apparemment, la coordinatrice des réseaux sociaux connaît quelqu'un à l'hôpital. Et avec tous tes problèmes de réputation de chaud lapin, tu ne peux pas te permettre d'annuler ta participation à un événement caritatif pour les enfants cancéreux, explique Knox en me fusillant du regard. Autrement dit, oui, tu es obligé de faire ça, et c'est de ta propre faute.

— Comment ça se fait que tu sois ici aussi, Fields ? demandé-je à Jackson.

Depuis qu'il est marié, on le voit à peine.

— Une soirée avec Tenley, pour la bonne cause ? Elle était à fond, dit-il avec ce sourire idiot qu'il prend dès qu'il parle d'elle.

— Vous êtes prêts ?

Peyton est apparue à l'entrée de la salle d'attente improvisée dans les coulisses. Elle n'était pas très enthousiasmée par ma participation à cet événement, mais Knox a raison : annuler ma venue serait encore pire pour mon image. Alors, elle a insisté pour faire partie de l'équipe d'organisation, ce qui lui permet de garder un œil sur moi.

— Plus vite on s'y met, plus vite ce sera fini, grommelle Alex, qui a l'air aussi enchanté que moi d'être ici.

— Vous allez vous en sortir comme des chefs. Quelques-uns des autres joueurs ont déjà obtenu des sommes extraordinaires. C'est pour une bonne cause. N'oublie pas de sourire.

Ces derniers mots me sont adressés.

— Quoi ? Les gens m'adorent !

Elle me lance un regard qui ferait fondre un iceberg.

— C'est ça, d'où ma présence, d'ailleurs.

— Mince, la baby-sitter de Colin est venue jouer ! s'exclame Knox en m'attrapant par les épaules. Attention, elle mord.

Les grands yeux bruns de Peyton ne lâchent pas les miens ; son expression ne change pas aux mots de Knox.

— Est-ce que je pourrais parler à Colin, s'il vous plaît ?

— Oh, oh, ça sent les ennuis, chuchote un des gars lorsqu'ils quittent la pièce.

Peyton attaque dès l'instant où la porte se referme derrière eux.

— Tu ne peux pas prendre les choses au sérieux, pour une fois ?

— Je suis là, non ? répliqué-je en écartant les bras.

Elle s'avance d'un pas. Avec ses chaussures à talons, elle fait presque ma taille. Ses bras frôlent ma poitrine, et ce seul contact provoque une vague de chaleur dans mon ventre. Je sais que c'est une mauvaise idée, mais j'aime son tempérament de feu. À la fac, je ne lui connaissais que des facettes attentionnées et aimantes. C'est nouveau.

Et ça ne me déplaît pas.

— Tu es là parce que tu t'y es engagé, et parce que tu ferais tout pour revenir dans les bonnes grâces de la direction de l'équipe.

Je m'apprête à l'interrompre, mais elle lève un doigt avant de poursuivre :

— Je ne veux rien savoir. Fais de ton mieux pour apparaître comme le beau-fils idéal, pas le genre de délinquant qui s'enfuit par la fenêtre. Si tu ne montes pas sur cette scène dans la peau de l'homme charmant et charmeur que je sais que tu peux être, ça va mal se terminer pour toi, est-ce que c'est bien clair ?

Aïe. Ses mots sont blessants. Mais elle n'a pas tort.

— C'est…

Elle presse son doigt contre mes lèvres et je m'interromps.

— Ne discute pas.

J'attrape son poignet et attire sa main contre mon torse. L'espace entre nos deux corps est électrique. Je sens son pouls qui bat à toute vitesse. Ses pupilles se dilatent lorsque ses yeux se posent sur mes lèvres. Elle est si proche.

Ce serait si simple de prendre ce que je veux. De me pencher et de presser ma bouche contre la sienne dans un baiser dont je sais qu'elle a envie. De la plaquer contre le mur et de tracer ses courbes de mes doigts, comme dans mes souvenirs.

Si simple.

Et je l'ai déjà fait, dans un moment de tension. Très semblable à celui-ci.

Mais malgré mon envie d'agir selon ce que me dicte cet éclair de désir, je sais qu'elle me donnerait un bon coup de genou là où je pense avant que je n'aie eu le temps de cligner des yeux.

Je fais un pas en arrière. Puis un autre.

— Je ne comptais pas discuter.

— Bien.

Elle arrache sa main à mon emprise et lisse sa jupe. Quand son regard croise à nouveau le mien, il est purement professionnel. Toute émotion est dissimulée, profondément enfouie en elle.

— Maintenant, vas-y et séduis ces gens jusqu'à ce qu'ils donnent tout leur argent pour le plaisir d'une soirée en ta compagnie.

— À tes ordres, Rocky.

———

— Cinq mille dollars ! crie le commissaire-priseur depuis son pupitre.

Une femme au premier rang lève son panneau.

Peyton ne plaisantait pas quand elle disait que les invités vidaient leurs porte-monnaie pour passer la soirée avec les joueurs.

— Six mille dollars, six mille ?

Je protège mes yeux de la lumière aveuglante des projecteurs pour voir si quelqu'un a l'intention de surenchérir.

— Une fois… deux fois… vendu !

Le commissaire-priseur tape de son marteau et la foule pousse des exclamations.

Je sors de la scène à toute vitesse et me dirige vers Peyton, qui se tient sur le côté avec mes amis et quelques autres membres de l'équipe.

— Annule la vente, allez ! gémit Knox.

— Pourquoi ? C'était la meilleure offre de la soirée, réplique Peyton d'un ton joueur.

Pour une fois, son sourire est authentique lorsqu'elle me voit arriver.

— Que se passe-t-il ? demandé-je.

— Ma grand-mère a fait une offre, explique Knox avec désespoir.

— Quoi ? Et elle a gagné ?

Heureusement que je n'ai pas de verre à la main ; j'en aurais renversé le contenu partout sous l'effet de la surprise.

— Pourquoi je serais aussi contrarié, sinon ? Tu ne vas quand même pas sortir avec ma grand-mère ! siffle-t-il.

— Est-ce qu'elle est du genre tactile ?

— Colin, je te jure que…

Il est tellement furieux qu'on dirait que l'air autour de lui crépite.

— Mais que voilà… Ne serait-ce pas mon prix de la soirée ?

Une vieille dame au visage ridé entouré d'un rideau de cheveux gris nous salue.

— Knox, sois gentil et fais les présentations.

J'adore déjà cette femme.

— Colin, voici ma grand-mère, Darlene.

J'entends les dents de Knox grincer de rage.

— Mamie, voici Colin. Ton rencard de ce soir, apparemment.

— Quel beau jeune homme, ronronne Darlene.

— Certainement pas assez pour gagner le cœur d'une femme comme vous, répliqué-je de mon ton le plus charmeur.

— Oh, tu es doué, en plus. Knox, pourquoi ne me l'as-tu pas présenté plus tôt ?

Elle ne me quitte pas de son regard malicieux.

— Tout ça, c'est de ta faute, grogne Knox en jetant à Peyton un coup d'œil meurtrier. Tu aurais dû le laisser annuler.

— Si tu dois en vouloir à quelqu'un, prends-t'en à Colin. C'est lui qui a accepté de participer.

Malgré ses mots, son sourire m'indique que la situation l'amuse presque autant que moi.

Knox se frotte le visage.

— Mamie. Promets-moi que tu te tiendras bien.

— Ce n'est pas drôle, de bien se tenir, réplique-t-elle avec une moue avant de se tourner vers moi. Bien, Colin. Qu'est-ce que tu penses du bingo ?

Chapitre Dix

COLIN

— Ne me donne pas de raisons de t'en vouloir, me menace Knox avec un regard noir.

J'ai l'habitude de ses simagrées. S'il veut jouer les mauvais garçons, je le laisse faire avec plaisir.

— Ta grand-mère m'a invité à ce rendez-vous. Clairement, elle m'aime au point de jouer au bingo avec moi.

Knox souffle en poussant la porte de la maison de retraite dans laquelle réside Darlene.

— Je commence à douter de ses capacités mentales.

— Elle a un faible pour les receveurs, dis-je en lui adressant mon plus charmant sourire. Peut-être qu'elle cherche un homme pour l'entretenir.

— Bon Dieu, Colin…

Le regard qu'il me lance, et qui suffirait à faire trembler n'importe qui d'autre, n'a plus d'effet sur moi. La grand-mère en question nous accueille.

— Knox. Cesse donc de froncer les sourcils. Tu as l'air constipé.

— Mais enfin, mamie !

— Bonjour, Darlene. Je suis honoré de votre invitation, la salué-je en acceptant son étreinte avec un grand sourire.

— Je regrette tous mes choix de vie, se plaint Knox.

Darlene l'éloigne d'un geste et passe son bras sous le mien pour m'entraîner avec elle.

— Ignore mon petit-fils, je te prie. Il peut se montrer très mal luné, par moments.

— Oh, c'est déjà ce que j'essaie de faire tous les jours.

— C'est bien. Alors, tu es prêt pour ce bingo ?

— Si je suis prêt ? Je m'y suis remis rien que pour vous.

J'en fais des caisses, mais je m'en fiche. Darlene me dit les choses comme elles sont, et c'est un changement bienvenu.

— De toute façon, le bingo, c'est que de la chance, grommelle Knox.

Je tire une chaise pour que Darlene s'y asseye et me penche vers elle.

— Il était déjà comme ça, quand il était petit ?

Un coup à l'arrière de ma tête m'indique que j'ai peut-être dépassé les bornes.

— Interdiction de raconter des anecdotes embarrassantes sur mon enfance, déclare Knox en pointant le doigt vers sa grand-mère. Je suis sérieux, mamie.

Elle agite la main.

— D'accord, d'accord. Alors, pose tes jolies petites fesses sur cette chaise, qu'on puisse commencer.

Knox, enfin satisfait, s'installe à côté d'elle.

— Betty est là ?

— Oh, non, répond Darlene en gloussant. Roy et elle ont eu un petit accident, si vous voyez ce que je veux dire.

— Que s'est-il passé ? demandé-je naïvement.

— Oh, nom de Dieu, grogne Knox.

— Ils se sont un peu trop amusés au lit, et Betty s'est disloqué la hanche.

J'éclate de rire.

— Knox, j'adore ta grand-mère !

Mes propres parents n'ont jamais été proches des leurs, et depuis leur divorce, j'ai encore moins vu le reste de ma famille. Cette journée avec Darlene me fait prendre conscience d'un environnement qui m'avait manqué sans que je m'en rende compte. Et même si ce n'est que pour aujourd'hui, je compte bien en profiter.

— Mamie ! Sérieusement, tu peux te comporter comme une dame de ton âge, pour une fois ? s'exclame Knox, rouge d'embarras, en faisant passer les cartes de bingo.

— Mon chéri, je n'ai jamais mâché mes mots, tu le sais.

Knox marmonne dans sa barbe tandis que le jeu commence.

— I-27.

— Bien, Colin. Parle-moi un peu de ton amie.

Darlene parle sans me regarder.

— Mon amie ?

— Oui, la jolie fille qui était là, l'autre soir. Elle te regardait comme le joli mignon que tu es.

Alors là, ça m'étonne. Si Peyton me regardait avec autre chose que du dédain, ces jours-ci, j'en ferais sûrement une crise cardiaque.

— Euh… tout va bien, j'imagine.

— Tout va bien ? Seigneur, c'est pour ça que vous êtes célibataires, mes pauvres garçons.

— Hé, c'est de lui qu'on parle ! Je n'ai rien à voir avec ça, moi ! dit Knox d'un ton défensif.

— Je ne suis pas aveugle, Knox, l'avertit Darlene en agitant un doigt dans sa direction. J'attends patiemment que tu me donnes des arrière-petits-enfants. Mais Colin semble se trouver dans une situation des plus délicates, à régler de toute urgence.

— Je veux dire, ça pourrait aller mieux.

— B-7.

— As-tu demandé conseil à Knox ? Il était très populaire, avant.

— Comment ça, avant ? demande l'intéressé en haussant un sourcil avant de placer un jeton de bingo sur sa carte.

— Comme je viens de le dire, je ne suis pas entourée d'arrière-petits-enfants, je me trompe ?

Je ne peux pas m'empêcher de rire à nouveau, ce qui attire l'attention des retraités qui nous entourent.

— Darlene, je vous adore.

— J'espère bien, réplique-t-elle en enfonçant son doigt osseux dans mon biceps. Et je suis sûre que tu iras loin, avec ce beau visage.

— C'est très probable, dis-je avec un haussement d'épaules en couvrant à mon tour une case lorsqu'un nouveau chiffre résonne dans la salle.

— C'est tout ce que je souhaite à mon petit Knoxy, poursuit Darlene en lui tapotant la joue. Je sais qu'il aime le football plus que tout, mais je voudrais bien qu'il vienne me présenter une gentille jeune fille.

— J'y travaille. Rien que pour toi, mamie, répond Knox en l'embrassant sur la joue.

Je sens comme un tiraillement dans ma poitrine en les voyant si proches. La famille de Peyton a été ce qui s'approchait le plus d'une telle relation, pour moi. Ils m'ont accueilli à bras ouverts.

Mais quand j'ai abandonné la fac pour la ligue, tout sentiment d'avoir une famille m'a quitté en même temps qu'elle. Pourtant, c'est quelque chose que j'ai toujours voulu. Mon cœur se serre de jalousie en voyant Knox et sa grand-mère. J'aimerais recevoir moi aussi ce genre d'amour.

J'ai passé énormément de temps avec mon père, en grandissant. Camps d'entraînement intensifs l'été, et cours auprès des meilleurs coachs le reste de l'année. Il n'a jamais fait preuve de beaucoup d'affection à mon égard, et ne m'accordait son attention que lorsque mon jeu n'était pas à la hauteur de ses attentes.

— Colin, tu ne fais pas très attention à ta carte. Ne compte pas sur moi pour te donner les chiffres qui viennent d'être dits, chantonne Darlene.

— Oh, je n'y songerais même pas, je réponds en riant.

— Bien, maintenant, revenons-en à ton amie.

— Pourquoi est-ce que tout le monde essaie de se mêler de ma vie amoureuse ?

— Parce que tu t'y prends mal, répondent Darlene et Knox à l'unisson.

Knox, en parfait enfoiré qu'il est, est adossé à sa chaise, les bras croisés. Son visage est couvert d'un amusement qu'il ne cherche pas à dissimuler.

Je laisse sa grand-mère me faire la liste des meilleures techniques pour gagner le cœur d'une femme.

— G-53 !

— Ha ! Bingo ! hurle Darlene.

— Tu triches ! s'exclame quelqu'un, derrière nous. C'est impossible que tu aies gagné aussi vite !

— Oh, oh, marmonne Knox tandis que sa grand-mère se retourne sur sa chaise.

— Comment on pourrait tricher au bingo ? J'ai tous les numéros qu'il a annoncés. N'est-ce pas, Colin ? dit-elle en se tordant vers moi.

Son regard me déconseille de la contredire.

— C'est vrai, déclaré-je sagement en hochant la tête. Sa carte comporte tous les bons numéros.

— Brave garçon, dit Darlene en me tapotant la joue. Knox, tu peux l'amener avec toi quand tu veux.

—Je serais heureux de revenir.

Darlene attrape le ticket de loterie que lui tend l'organisateur une fois qu'il a vérifié que sa carte était bien remplie.

— Et, qui sait, peut-être que la prochaine fois, vous viendrez accompagnés de vos petites amies.

Chapitre Onze

COLIN

— Qui a pensé que ce serait une bonne idée ?

Peyton lève les yeux au ciel.

— Ce ne sont que des enfants, Colin. Tu vas t'en sortir.

Facile à dire. Ce n'est pas elle qui s'apprête à lire un livre à ce qui me semble être au moins une cinquantaine d'enfants.

— Bien, Colin, tu es prêt ?

Tenley vient d'apparaître près de nous, Jackson sur ses talons.

— Euh… Je crois ?

Elle m'adresse un sourire éclatant qui ne fait rien pour calmer mes nerfs.

— Tu vas te débrouiller comme un chef, je te le promets. Ils adorent quand les footballeurs viennent leur lire des histoires.

— En tout cas, ils adorent quand c'est moi, plaisante Jackson.

— Jackson, sérieusement ? marmonne Tenley. Colin, si ces petits peuvent aimer ce grincheux, ils vont t'adorer, poursuit-elle en donnant une petite tape à l'arrière de la tête de son mari. J'ai choisi leur livre préféré, en plus.

— OK. C'est parti, alors.

Tenley commence à rassembler les gamins éparpillés dans la salle.

— Tu es sûre que je vais y arriver, Peyton ?

Je ne crois pas avoir déjà été aussi nerveux. Pas même avant mon premier match officiel pour la ligue. Au moins, au football, je sais ce qui m'attend. Là, avec des enfants de maternelle ? Je suis en terre inconnue.

Les yeux chocolat de Peyton me transpercent.

— Colin, je ne t'aurais jamais engagé à venir si je t'en pensais incapable. Tu as bien assez de charme et de personnalité pour plaire à ces enfants. Parle-leur. Réponds à leurs questions. Ils vont t'adorer.

Elle m'adresse un sourire encourageant et presse doucement mon biceps.

C'est exactement ce qu'il me fallait. Ses gestes suffisent à dissiper la boule de stress qui me tordait le ventre.

Peyton a toujours eu cet effet-là sur moi. En licence, elle me servait de porte-bonheur avant chaque match. Sans elle, j'avais les nerfs en pelote.

— Bon, les enfants. D'habitude, c'est monsieur Jackson qui vous lit une histoire le vendredi, mais aujourd'hui, il nous a amené un ami. Vous dites bonjour à monsieur Colin ?

— Bonjour, monsieur Colin ! s'exclament des voix aux quatre coins de la pièce.

Vingt paires d'yeux me regardent fixement.

Je peux le faire.

— Bonjour, tout le monde.

Je leur adresse un signe de la main et résiste à l'envie de reculer. Je cherche Peyton du regard, et elle m'adresse deux pouces en l'air depuis le fond de la salle.

Je peux le faire.

— Alors, qu'allons-nous lire aujourd'hui ?

Je m'installe sur le fauteuil que m'a préparé Tenley, face aux enfants, tandis que plusieurs petites mains impatientes se dressent dans les airs. Je désigne un petit garçon à l'avant.

— *Tempête de boulettes géantes* !

— C'est exactement ça !

Je m'efforce de paraître plus enthousiaste que je ne le suis. Je ne voudrais pas faire peur à ces petits avant même d'avoir commencé à lire.

J'ouvre le livre à la première page et entame ma lecture. Les enfants sont pendus à mes lèvres. Leurs gloussements excités à certains passages du livre me font sourire. Lorsque j'arrive au moment où un pancake géant tombe sur l'école, plusieurs d'entre eux lèvent la main. Je n'ai même pas le temps d'en désigner avant qu'ils ne se mettent à me poser leurs questions tous d'un coup :

— Il se passerait quoi si un pancake tombait sur l'école alors qu'on était dedans ?

— Il faudrait qu'il soit grand comment, le pancake, pour recouvrir l'école entière ?

— On peut manger des pancakes au goûter ?

Mince alors, ces gosses sont adorables. Je vois pourquoi Jackson tient tellement à venir ici. Même mis à part le fait que sa femme est maîtresse d'école, c'est une super activité.

— Eh bien, comment pensez-vous qu'on pourrait sortir de l'école si un pancake tombait dessus ? leur demandé-je.

Je peux presque voir les rouages tourner dans leurs petites têtes.

— On pourrait le manger ? suggère une voix à l'arrière. Mais on aurait peut-être mal au ventre, après.

— Si on en mangeait tous un petit morceau, vous

croyez qu'on arriverait à faire un trou assez grand pour pouvoir s'échapper ? continué-je.

— Tu es grand, toi. Tu pourrais pousser le pancake, non ? demande un enfant à l'avant.

Je ne peux retenir mon rire. Je lève le bras et gonfle le biceps.

— Vous croyez que j'arriverais à traverser un pancake géant ?

Au fond de la salle, Peyton nous prend en photo tandis que les petits poussent des cris d'excitation.

— Madame Fields ! Est-ce qu'on peut faire un gros pancake et voir si monsieur Colin peut le traverser ?

— Je ne sais pas, les enfants, on aurait besoin de beaucoup d'ingrédients, répond tranquillement Tenley. Où est-ce qu'on trouverait tout ce qu'il nous faut ?

Les enfants continuent joyeusement à lancer des suggestions. Jackson rit en les écoutant, et moi, je jette un coup d'œil à Peyton. Elle me regarde, avec une expression de douceur que je n'ai pas vue sur son visage depuis longtemps.

Ces dernières semaines, j'y ai surtout distingué de l'agacement. Je ne suis pas stupide ; j'ai bien conscience que ce n'est pas le projet dont elle espérait être chargée. Je suis un obstacle sur la route qui mène au poste de ses rêves.

Et pourtant, ce regard qu'elle m'adresse ? Je le reconnais. Lorsque j'avais passé un mauvais match, c'est le regard qui me disait que ça irait, que je pouvais me reposer sur elle. Peyton était mon havre de paix. Ce n'était pas facile, d'être déjà une star du football à l'université. Tout le monde voulait mon attention, et c'était parfois lourd à porter.

Je réalise soudain qu'ici, avec elle, et une vingtaine de maternelles… Je suis à ma place.

Chapitre Douze

COLIN

— Pourquoi est-ce qu'on a dû se taper tout le chemin jusqu'à la banlieue ? demande Logan en balayant la pièce d'un regard émerveillé une fois qu'il a passé la porte d'entrée.

Le rez-de-chaussée est un espace ouvert, spacieux, au parquet verni et garni d'une cuisine à rendre jaloux la plupart des chefs cuisiniers.

— Parce que je n'ai pas le droit d'être vu à l'extérieur, même si ce n'est qu'avec vous.

Je referme la porte derrière mes amis. Vu tous les articles, Earl a estimé qu'il valait mieux que je me fasse discret, en dehors des quelques événements prévus par son équipe. Du coup, au lieu de la traditionnelle soirée dans notre bar habituel de la présaison, les gars sont venus jusque chez moi.

— Espérons qu'abandonner le Book Bar ne nous porte pas malchance, commente Alex en me donnant une tape sur l'épaule avant de se diriger directement vers le jardin.

Il est déjà venu ici quelques fois. Notre amitié est venue

facilement après notre rencontre, et n'a fait qu'augmenter avec les années.

— Mec, ne dis pas ça ! Tu vas nous porter malchance, protesté-je avant de le suivre.

Knox et Jackson se sont déjà confortablement installés sur le canapé extérieur, près du brasero.

Il fait plutôt frais, pour une nuit d'été. C'est une soirée parfaite pour se détendre avant le début de la saison, la semaine prochaine. Avec tout ce qui m'arrive en ce moment, j'avais presque oublié.

— Même moi, je le sais ! s'exclame Logan en réponse à ma remarque, tout en attrapant une bière dans le frigo d'extérieur, sur la terrasse.

C'était l'argument de vente décisif de cette maison, avec l'aspect quartier résidentiel bien clos, qui permet de tenir les fans à distance.

—Je suis de retour cette année, et au top de ma forme ; on va s'en sortir, c'est sûr, déclare Jackson en pointant sa bouteille de bière vers moi.

— Dis donc, ça t'a rendu sentimental, d'être en couple.

— Vous devriez essayer, les gars, réplique-t-il avec un sourire espiègle. Je vous jure, ça fait du bien.

Si ce n'était pas un de mes meilleurs amis, je lui en voudrais à mort. Il n'était qu'un pauvre type l'an dernier sans Tenley à ses côtés, même si ça n'a duré que quelques semaines… Et maintenant, ils sont mariés.

— Et si je vous disais que j'avais quelqu'un ? Enfin, potentiellement.

— Quoi ? Depuis quand ? m'interroge Knox en lançant un mini-bretzel dans sa bouche tandis qu'il s'appuie contre son dossier.

Dans la distance, le soleil se couche derrière les montagnes. C'est la plus belle vue du monde.

Je débats intérieurement sur ce que je peux leur

raconter ou non. Ce n'est pas comme si Peyton et moi pouvions exprimer nos sentiments, si tant est qu'ils existent. Ce qui est le cas chez moi, en tout cas. Mais depuis notre visite à l'école de Tenley, j'ai l'impression que ses murs de glace commencent à fondre.

— Elle me connaissait avant tout ça, dis-je en agitant la main pour englober les événements récents. On sortait ensemble à la fac. À l'époque, j'étais persuadé que je l'épouserais.

— Oh, bordel, marmonne Alex en secouant la tête. Et alors, que s'est-il passé ?

— Les choses sont devenues plutôt sérieuses, entre nous. Et puis juste avant d'entrer dans la ligue, j'ai reçu une lettre de sa part qui disait qu'elle ne pouvait plus me revoir. Que ma vie allait devenir trop intense et qu'elle ne pourrait pas supporter la pression.

Ce seul souvenir suffit à me faire trembler de colère. Je ne me suis jamais remis de ce qu'elle m'a fait. Mais j'ai changé ma rage en énergie sur le terrain.

— Et maintenant, tu veux relancer votre relation ? demande Alex.

— Je n'ai jamais cessé de l'aimer depuis, je réponds en haussant les épaules.

— Vous aimez encore plus les ragots que mes sœurs, murmure Logan d'un ton affligé.

— Personne n'a dit que tu étais obligé d'être là, rétorque Knox en donnant un coup de pied dans les jambes de Logan, qu'il avait appuyées sur le bord du brasero.

Celui-ci pâlit.

— Non ! s'écrie-t-il avant de se racler la gorge. Je veux dire, je suis content de venir à vos soirées.

— Arrête de l'embêter, Fisher, sermonne Alex en frappant Knox derrière la tête. Tu devrais peut-être commencer par tenter quelque chose ?

Cette dernière phrase m'est adressée.

— Je ne peux pas.

— Oh, pauvre chou, on a des problèmes de performance ? roucoule Knox avec un sourire suffisant. Tu m'étonnes, qu'elle t'ait quitté.

— Connard, grogné-je en lui jetant un mini-bretzel à la figure.

Il l'attrape aisément et l'avale en une bouchée.

— Non, continué-je. Disons que notre relation serait mal vue.

— Tu ne te rends pas la vie facile, tu le sais ? me demande Alex.

Logan, Jackson et Knox poursuivent leur conversation en parallèle.

— Au moins, elle ne manque pas de piment, répliqué-je en souriant.

Je bois une gorgée de ma bière. Entre la fraîcheur de la boisson et la chaleur du feu, la soirée est parfaite. Même si on ne peut pas se rendre dans notre repaire habituel, la présence de ces hommes qui sont devenus mes frères suffit à me satisfaire.

— Quelles sont les chances que vous vous remettiez réellement ensemble ?

Alex se penche en avant, les avant-bras appuyés sur ses genoux, sa bouteille pendant entre ses doigts.

Peyton est réapparue dans ma vie de la manière la plus inattendue qui soit. Je n'aurais jamais cru la revoir un jour. En seulement quelques semaines, je suis passé de la fac à la sélection, puis à Denver. Je n'ai jamais fini ma licence ; ma vie n'a plus tourné qu'autour du football.

Et des femmes. J'aurais fait n'importe quoi pour atténuer la douleur de l'avoir perdue.

— Honnêtement ? Je ne sais pas.

Je commence à gratter le bord de l'étiquette sur ma bouteille.

— On était tout l'un pour l'autre, et maintenant, elle ne supporte plus de se tenir dans la même pièce que moi, je poursuis.

— Est-ce que tu peux vraiment lui en vouloir pour ça alors que tu fais la couverture de *Closer* tous les trois matins ?

— Hé ! m'exclamé-je en lui assénant une claque sur le bras. Ça fait bien quelques semaines que je n'ai pas été dans ce genre de magazines.

— Tu veux une médaille ? morigène Alex.

— Va bien te faire voir ! grogné-je en lui tendant mon majeur.

— Prouve-lui que tu as changé. Pourquoi est-ce qu'elle voudrait te donner une deuxième chance si elle te voit courir après toutes les femmes que tu croises ?

— Et comment je suis censé m'y prendre, alors, ô grand sage ? dis-je en levant les yeux au ciel tout en me laissant lourdement retomber contre les coussins du canapé.

— Fields, aide-le.

Le ton d'Alex ne laisse pas place à d'éventuelles protestations.

— Qu'est-ce qu'il y a ? demande Jackson, rejoignant immédiatement la conversation.

Les autres se taisent. Alex a souvent cet effet-là sur les gens.

— Colin a besoin d'aide pour faire la cour à quelqu'un.

— Faire la cour ? répète Jackson avant d'éclater de rire.

Alex n'a qu'à hausser un sourcil, et le rire s'arrête abruptement.

— OK, d'accord. Qu'est-ce qu'il te faut ? me demande plus sérieusement Jackson.

Je réfléchis à la question, et à la meilleure manière de m'exprimer sans révéler la personne dont il s'agit. Si ces gars savaient que j'essaie de draguer la femme qui se démène pour me sortir d'un trou que j'ai moi-même creusé, ils se montreraient nettement moins encourageants.

— Contrairement à ce que laissent penser les médias, je n'ai pas toujours été un tel Don Juan.

— Un queutard, tu veux dire, précise Knox d'un ton pince-sans-rire.

— Je n'hésiterais pas à te virer de chez moi, Fisher.

— C'est pour ça que le bar est sacré, geint Knox en pointant un doigt accusateur vers Alex. Là-bas, au moins, personne ne peut faire ce genre de menaces.

— Revenons-en à nos oignons. Qu'est-ce qu'elle aime, cette fille ? m'encourage Jackson.

— Le football. Le camping. La nourriture mexicaine.

Je souris en pensant à la Peyton que je connaissais à la fac. Elle était toujours prête pour une nouvelle aventure.

Randonnée dans les montagnes des Smokies ? Elle est là.

Un match improvisé dans la cour à minuit ? Quand on veut.

— Montre-lui que tu te souviens de ce qu'elle aime. Et ne te comporte pas comme un connard.

— Plus facile à dire qu'à faire, pour lui, commente Logan en riant doucement.

— Hé !

Jackson est intraitable.

— Je suis sérieux, reprend-il. Si tu ne fais pas preuve d'intérêt envers ce qu'elle aime, il n'y a aucune chance que votre relation progresse.

— Je savais qu'il serait de bon conseil, me murmure Alex.

— Tu n'as plus qu'à l'emmener faire de la randonnée après un match de football et manger mexicain au dîner, ricane Knox.

— Abruti, grogne Jackson en lui donnant un coup sur le sommet du crâne.

— C'est fou que je sois plus mature que lui, remarque Logan en désignant Knox.

— Personne n'a jamais dit que c'était le cas, rétorque Alex. Ne les écoute pas, ajoute-t-il à mon intention.

— Avec la saison qui commence, ça ne va pas être facile, mais je suis sûr que tu trouveras une solution, conclut Jackson.

— Putain, mec, depuis quand es-tu si sage ?

Je bois une longue gorgée de bière.

— Depuis que je me suis pété le genou et que j'ai eu besoin de Tenley. Si je n'étais pas sûr d'avoir ma vie en main, vous croyez qu'on attendrait un enfant ?

Nous restons tous bouche bée.

Je suis le premier à m'en remettre.

— C'est vrai ?

Son visage s'éclaire d'un sourire idiot.

— Oui. Mais n'en parlez à personne, les gars ! Elle me tuerait si elle savait que je vous l'avais dit. C'est encore récent.

Nous nous levons tous avec précipitation pour le serrer dans nos bras, criant pour se faire entendre.

— C'est super !

— Félicitations !

— Tu ne peux pas être père, tu es à peine adulte !

Jackson assène un coup à Logan.

— Je suis plus qualifié que toi, ça, c'est sûr.

Il y a longtemps, j'ai cru que c'était ce genre d'avenir

qui m'attendait, mais ce n'était pas le cas. Désormais, Peyton et moi sommes coincés dans cette relation bizarre. Les coups d'œil discrets qu'elle me lance ne m'échappent pas. Et chaque fois que nous devons travailler ensemble, je vois sa façade se fissurer un peu plus.

Au lieu de me perdre dans les pensées de ce qui aurait pu se passer avec Peyton, je suis ramené à l'instant présent par Alex, qui se racle la gorge avant de déclarer :

— Bon, j'imagine que le moment est bien choisi pour mon toast, les gars.

Nous levons nos bières.

— Tout d'abord, félicitations, Jackson. Tenley et toi allez être des parents formidables, et je vous fais confiance pour élever des meilleures personnes que nous sommes footballeurs.

— J'espère bien, répond Jackson en lui adressant un sourire sincère.

— Et je sais que nous sommes tous déçus de notre dernière saison, poursuit Alex. Mais cette année ? C'est la bonne, je le sens. Jackson est de retour.

Les gars poussent des exclamations enthousiastes.

— Nous jouons ensemble depuis des années, et nous connaissons le cahier de jeu mieux que quiconque. Nous sommes capitaines, et c'est pour une bonne raison.

Alex nous fixe tour à tour de son regard intense, son regard de *quarterback*. Celui qui terrifie la défense adverse par la précision avec laquelle il analyse leur formation.

— Nous avons ce qu'il faut. Ce ne sera pas facile, nous le savons tous. Mais on peut le faire. On va se battre pour chaque mètre parcouru, chaque point marqué, chaque victoire obtenue.

Il y a un souffle dans son discours, une étincelle qui s'installe au creux de mon ventre et réveille en moi la flamme de ma passion pour le jeu.

— Je ne veux pas me retrouver à nouveau sur le banc, en janvier.

Nous nous redressons aux mots d'Alex. Nous avons tous conscience des enjeux. Chaque footballeur de ce pays n'a qu'un rêve : passer les éliminatoires. Et ça fait mal d'échouer. Surtout quand on sait qu'on a le talent nécessaire pour y arriver.

— Je ne pourrais pas rêver d'une meilleure équipe pour m'accompagner sur ce terrain. Quoi qu'il arrive, on se soutient les uns les autres, on se donne de la force.

Il lève sa bouteille.

— Aux Lions de Denver, et à la meilleure saison possible.

Je regarde les hommes qui se tiennent à mes côtés. Ils sont plus que mes coéquipiers ; ils sont mes meilleurs amis, mes frères, la famille que je me suis choisie. Nos yeux brillent d'une même lueur affamée.

Nous ne voulons pas nous contenter de la phase éliminatoire. Nous voulons le grand jeu, le vrai. Le Super Bowl. Depuis que nous jouons au football dans les équipes de benjamins, ç'a toujours été notre rêve à tous.

Denver a sa meilleure équipe depuis des années. Chacun de nous, et chacun de nos coéquipiers, est prêt. Prêt pour le premier lancer de ballon, le premier coup de sifflet qui signale le départ de notre course sur le terrain. Prêt à sentir la terre sur nos doigts pendant les formations.

Nous faisons tous tinter nos bouteilles contre celle d'Alex.

— Aux Lions de Denver !

Chapitre Treize

— **M**ademoiselle Myers, je suis ravie que vous ayez pu venir.

— Appelez-moi Audrey, je vous en prie !

La bombe blonde qui me fait face m'adresse un sourire éclatant de blancheur.

— Je suis si heureuse qu'Earl et la direction des Lions aient eu cette idée ! poursuit-elle.

— Ils vous sont très reconnaissants d'être là.

Quand Earl m'a appelée pour me demander de me charger de cette mission suite à l'indisponibilité de la directrice du département communication de l'équipe, j'ai accepté avec enthousiasme.

On m'offre l'occasion de rencontrer une athlète olympique native de Denver ?

Je serais stupide de laisser passer cette chance.

— Je suis nerveuse, c'est bizarre, non ? demande Audrey en se tordant les mains.

— Vous skiez sur les montagnes les plus hautes du monde, et c'est quelques dizaines de milliers de fans qui vous font peur ? l'interrogé-je en riant.

— Je préfère les montagnes, et de loin, répond-elle en levant les mains. Les fans de football, c'est un autre délire.

Une certaine agitation éclate derrière nous et attire notre attention. Le bus de l'équipe est arrivé, et les joueurs en sortent pour se diriger en file indienne vers les vestiaires, traversant le hall en béton.

— Ça craint, je les mate tous, me chuchote Audrey.

Moi-même, je les remarque à peine. Mes yeux balayent la pièce à la recherche du seul joueur qui m'intéresse. Les hommes nous dépassent de plusieurs centimètres ; certains font un signe à Audrey. Mon regard croise enfin celui de Colin.

Un sourire étire le coin de ses lèvres. Les papillons dans mon ventre commencent à battre des ailes. Depuis notre visite à l'école de Tenley, quelque chose a changé entre nous. C'est comme si la tension qui nous entourait constamment avait soudain disparu.

Il n'adresse pas le moindre regard à Audrey. Ses yeux sont fixés sur moi tandis qu'il s'éloigne du groupe pour courir à ma rencontre.

— Je ne savais pas que tu serais là ! s'exclame-t-il avec un grand sourire.

— Earl m'a chargée de servir de guide à Audrey. C'est elle qui s'occupera du tirage au sort, aujourd'hui.

— Enchanté, Audrey. Colin James, se présente-t-il en lui tendant la main.

Elle le dévisage sans vergogne, et je m'efforce de calmer la jalousie qui me serre le ventre.

— Enchantée de même. Je suis honorée d'être ici, répond Audrey.

— Je suis sûr que le public va vous adorer.

Son sourire est sincère. On dirait qu'il ne se rend même pas compte de l'effet qu'il a sur elle.

— Je peux te parler ? ajoute-t-il à mon intention.

Il m'attrape le bras et m'entraîne un peu plus loin.

— Que se passe-t-il ? demandé-je en le repoussant dans un effort pour ignorer les étincelles qui crépitent sur ma peau au moindre contact.

Nous n'avons jamais eu de problème d'attraction physique. Les flammes entre nous ont toujours brûlé d'une chaleur et d'un éclat intenses, comme une étoile qui explose. Avant de nous avaler tous les deux comme un trou noir.

— Je ne peux pas venir te voir sans qu'il se passe quelque chose ? demande Colin en s'approchant avant de croiser les bras.

— Tu as dit que tu devais me parler.

— Peut-être que je voulais seulement passer un moment avec toi.

Cet éclair électrique crépite dans l'espace qui nous sépare.

— Tu ne devrais pas plutôt te concentrer sur le match ?

Un nouveau sourire surgit sur son visage.

— Tu te souviens de notre rituel d'avant-match ?

Je ne peux pas m'empêcher de rire.

— Oh, mon Dieu ! Je n'en reviens pas d'avoir oublié.

— Comment peux-tu oublier notre petit jeu de stratégie ? soupire-t-il d'un air faussement déçu.

Il secoue la tête, et le geste fait tomber ses cheveux bruns devant ses yeux.

— Je n'ai pas ouvert de cahier de jeu depuis des années.

Le regard de Colin se fait soudain plus doux, et je sais qu'il se souvient comme moi de la dernière fois que c'est arrivé. Je suis heureuse que nous parvenions à contenir nos émotions, cette fois, sans nous jeter notre colère et notre frustration à la figure.

— Ç'a toujours été plus amusant d'apprendre les stratégies avec toi, Rocky.

Pour la première fois, je souris en entendant mon surnom et triture machinalement le collier qui le porte.

— Seulement parce que tu avais droit à un baiser par bonne réponse, répliqué-je en riant.

Je m'en souviens comme si c'était hier. On avait commencé après notre premier rendez-vous. Colin pensait qu'il connaissait le cahier de jeu par cœur ; on était allés dans sa chambre, et je lui avais posé des questions sur toutes les stratégies. Ce qui avait commencé comme un jeu s'était terminé en session de pelotage intense.

Et puis quand son équipe avait gagné le week-end suivant, Colin m'avait dit qu'on devrait le refaire.

Heureusement, sentir ses lèvres sur moi n'était pas trop désagréable. C'était un travail difficile, mais il fallait bien que quelqu'un s'en charge.

— Au moins, comme ça, je retenais tout.

— Colin ! aboie quelqu'un derrière nous. Amène-toi ! C'est l'heure de l'échauffement !

Son regret de devoir partir est presque palpable. Il fronce les sourcils.

— Est-ce qu'on se voit après le match ?

— Earl m'a pris des tickets pour sa loge, je réponds en hochant la tête. Je serai encore là.

— Super, à tout à l'heure, alors !

Il commence à se diriger vers le vestiaire mais se retourne à la dernière minute vers Audrey, non loin, qui discute avec un autre joueur.

— Logan ! Arrache-toi, mec, on est partis !

Je le regarde s'éloigner en tentant de maîtriser la vague de stress qui me submerge. Depuis sa deuxième entrée fracassante dans ma vie, je m'efforce de résister à l'attraction qui me pousse dans ses bras.

Colin est parti. Il a été sélectionné par l'équipe de Denver et m'a quittée sans hésiter, m'a laissée seule à la fac ; tous nos projets, tous nos murmures amoureux réduits à néant.

Il m'a fallu toute ma volonté pour m'en remettre. Quelques hommes m'ont tenu compagnie depuis, mais aucun n'était à la hauteur. Aucun n'était Colin.

Et maintenant qu'il fait à nouveau partie de ma vie, je ressens pour lui des sentiments que je pensais oubliés.

Des sentiments qui pourraient m'attirer de graves ennuis.

Je repousse au fond de moi ces émotions croissantes et retourne auprès d'Audrey en me concentrant sur mon travail.

Tant que je reste fixée sur mon objectif, tout ira bien.

Je ne peux qu'espérer ne pas être en train de me mentir à moi-même.

Chapitre Quatorze

COLIN

— **P**rêt, mec ? lancé-je à Knox en lui frappant l'épaule.

— Comme jamais !

Il cogne ses deux poings contre mes protections.

C'est le match d'ouverture de la saison. Et c'est pour ça qu'on vit, nous tous : pour l'adrénaline dans nos veines lorsqu'on se précipite sur le terrain sous les rugissements de la foule.

Et maintenant que je sais que Peyton est dans le public ? J'ai bien l'intention de faire de ce match le meilleur qu'on ait vu depuis un long moment.

J'ai envie de l'impressionner, évidemment. Maintenant que cette espèce de tension entre nous est réduite à un frémissement léger, je veux lui rappeler les raisons pour lesquelles elle était tombée amoureuse de moi, il y a des années.

— Vous croyez que je peux franchir la ligne des 100 yards ? demandé-je à mes amis en enfilant mon maillot.

— Arrête, mec, tu vas te porter malchance ! s'exclame Logan en me jetant sa serviette à la figure.

Je secoue la tête en riant.

— La saison dernière, j'avais fait 98 yards au match d'ouverture. Et 81 yards à celle d'avant. Je pense qu'il est temps pour moi de passer la barre des cents.

— J'aimerais bien pouvoir entrer sur le terrain avec vous, moi aussi, gémit Logan.

— Ton jour viendra, gamin, lui assure Alex en lui tapotant l'épaule. Moi, je n'ai fait partie de l'équipe principale qu'à ma deuxième saison ici, et seulement parce que notre *quarterback* habituel s'était blessé.

Je grimace. Je m'en souviens. Un seul coup, et sa carrière était partie en fumée. On prie tous pour que cela ne nous arrive jamais.

— Moi aussi, j'ai commencé à ma deuxième saison. Une place dans l'équipe principale, ça se mérite, petit, lui dis-je à mon tour.

— Je sais, je sais, grogne Logan. Je ne peux pas vraiment me plaindre du fait que notre *running back* soit l'un des meilleurs de la ligue.

Coach Brooks entre dans le vestiaire.

— OK, les gars, ça y est.

Tout le monde se tait. Quand Coach parle, on l'écoute.

— Premier match de la saison. Et il n'y a rien de tel que de le jouer à domicile. Chicago est une bonne équipe ; ce ne sera pas facile, mais si on suit notre stratégie, je sais qu'on finira la journée avec une victoire en poche.

L'ambiance est électrique dans la salle, l'énergie est palpable. Je suis parcouru d'un flot d'adrénaline, et je sais que je ne suis pas le seul. Un coup d'œil alentour me confirme que les gars s'agitent, font passer leur poids d'une jambe à l'autre.

— Mais on ne s'arrête pas là, reprend Coach. On doit continuer. Nous avons une excellente équipe. Je sais qu'on peut aller jusqu'au bout, alors prouvez-le-moi. Soutenezvous les uns les autres, ignorez le reste et concentrez-vous sur vos coéquipiers, sur cette équipe. Sur cette famille. Parce que c'est ainsi que nous atteindrons notre but.

Il adresse un signe de tête à Alex.

— Vous avez entendu Coach ! crie celui-ci en s'avançant au centre de la pièce.

L'équipe suit son mouvement.

— On y va, on met une pâtée à Chicago, et on gagne ! « Pour la famille » à trois. Un, deux, trois…

— Pour la famille ! nous exclamons-nous tous à l'unisson.

Le vestiaire se vide petit à petit tandis que nous nous dirigeons vers le terrain.

Le stade tremble. Je me sens chez moi, ici, entouré des couleurs noir et jaune de l'équipe. J'adore cet endroit.

Aujourd'hui, nous avons décidé d'entrer tous sur le terrain en même temps, au lieu d'envoyer l'équipe offensive un par un. Nous sommes prêts à commencer la saison ensemble.

La foule est en délire en nous voyant arriver. Au-dessus de nous, des feux d'artifice explosent, et le public hurle de joie. C'est assourdissant.

C'est ma raison de vivre.

Alex commence son échauffement et me lance le ballon tandis que le terrain se vide pour le tirage au sort.

— Tu es prêt ?

— Carrément !

Je passe le ballon au *quarterback* remplaçant, qui le renvoie à Alex.

Coach nous crie qu'il est l'heure du tirage au sort, mais Alex me retient.

— Knox et Jackson s'en occupent avec Audrey.

Je les vois rire tous les trois en s'avançant vers les capitaines de l'équipe adverse. Ils se serrent tous la main avant de laisser Audrey lancer la pièce. La foule pousse des hourras.

L'équipe de Chicago gagne et choisit de défendre d'abord.

Parfait.

Je n'ai qu'une hâte, c'est d'entrer sur le terrain et de montrer à tout le monde que je suis encore le joueur que j'ai toujours été : celui qui est capable d'attraper n'importe quelle passe avant de marquer un *touchdown*.

Pas le gars qui sort en boîte tous les week-ends et couche avec la première femme venue.

— OK, l'attaque, c'est parti. Motivation au max pour commencer le jeu, me lance Alex en cognant mon casque tandis que nous courons jusqu'à nos places sur le terrain.

Les cris de la foule se taisent immédiatement. Alex tient les rênes de ces fans d'une main ferme. Dès que l'attaque occupe le terrain, le silence se fait tel qu'on pourrait entendre une mouche voler dans les gradins.

Nous n'avons pas besoin d'un rassemblement préalable et nous mettons directement en position. La première tactique du match a été décidée il y a des semaines. Un nouveau coordinateur offensif nous a rejoints pendant la hors-saison, et nous tenons à bien marquer l'événement.

— Noir cinquante-deux. Noir cinquante-deux. Prêts… Go !

Le centre envoie le ballon au *quarterback*, et je pars en courant dans une trajectoire en biais. J'évite les joueurs qui me marquent et traverse le terrain horizontalement. Les autres receveurs distraient l'équipe adverse plus loin, et je suis démarqué lorsqu'Alex me passe le ballon.

Ma course est rapide. Je sprinte jusqu'à la zone d'en-but et un joueur adverse me rentre dedans, m'envoyant à terre.

Mais pas avant que je n'aie réussi à plaquer le ballon au sol. Première tentative.

La foule est en délire.

J'arrache quelques brins d'herbe coincés dans mon casque et repars à petit trot vers la ligne de départ.

— Super réception, me félicite Alex avec une tape sur la tête.

Je vis pour ce sentiment. Pour la pelouse sous mes pieds et le public qui fait chanter le sang dans mes veines. Pour mes coéquipiers qui me donnent des tapes dans le dos quand ma réception est bonne.

Mon Dieu, ce que j'aime le football.

— Pomme quatre-vingt-cinq, casse sur un, lance Alex, nous indiquant la prochaine tactique.

Je me lance en voyant le *running back* adverse faire une percée en avant au bout du terrain. Il s'approche de la zone d'en-but mais se fait tacler de justesse.

Alex ne leur laisse pas la chance de s'en remettre et nous rappelle rapidement à la ligne de départ. Il nous a à peine indiqué la tactique suivante que le coup d'envoi est donné.

Je cours vers l'en-but et aperçois le ballon, qui traverse le ciel dans ma direction. Un défenseur adverse me suit de près, et je vois déjà que la passe est trop longue.

Je m'étire le plus possible et franchis le dernier pas qu'il me reste en tendant les bras pour récupérer le ballon. Mes orteils frôlent la ligne. L'arbitre lève les bras : le *touchdown* est validé.

Autour de moi, les gars sautent en l'air et poussent des cris de joie. Un *touchdown* marqué dans la première partie du match d'ouverture de la saison ?

Putain, ça fait du bien.

— T'as vu ça ? hurlé-je à Alex qui s'approche. C'est ça qu'on veut, putain !

— J'ai l'air super doué, grâce à toi, plaisante-t-il en riant.

— Heureusement que je suis là.

Je lance le ballon à l'arbitre tandis que Jackson débarque sur le terrain pour s'occuper de la transformation.

— Bien joué, les mecs ! nous crie-t-il en passant.

— Bravo, les garçons, nous félicite à son tour Coach lorsque nous prenons place sur le banc. Continuez comme ça !

Il tape son poing contre les nôtres et nous regardons l'équipe défensive entrer sur le terrain.

Les fans sont surexcités et nous encouragent avec ferveur.

Mais le match n'est pas vu d'avance. Chicago réplique avec un *touchdown*.

Tout l'après-midi, le score oscille. C'est Chicago qui gagne à la fin de la première mi-temps grâce à une transformation réussie, mais notre défense les attend de pied ferme au troisième quart-temps. Les gars ne plaisantent pas. Chaque joueur, chaque tactique a été pensé pour ce match.

Et ça se voit.

Lorsque le coup de sifflet final retentit, nous avons gagné, 27 à 24.

Dans le vestiaire, c'est la fête. De la musique s'élève d'un des casiers, et nous célébrons notre victoire.

— C'était un excellent match, l'équipe a joué à la perfection. Profitez bien de votre soirée et de la journée de demain, et on verra ce qu'on peut tirer de vous la semaine prochaine ! nous lance Coach, à peine audible par-dessus le vacarme.

Il n'y a rien de tel que de commencer la saison par une victoire.

Après avoir parlé à la presse et répondu à leurs questions sur le match – aucune sur mes autres exploits récents, Dieu merci –, je prends une douche rapide et sors du vestiaire.

Peyton m'attend à l'extérieur.

— Qu'est-ce que tu fais là ?

Son sourire m'apporte plus de joie que n'importe quel *touchdown*.

— J'avais encore mon pass, répond-elle en indiquant le badge sur un cordon autour de son cou. Je me suis dit que j'allais en profiter pour venir te voir.

— Sympa, comme premier match, hein ?

Peyton hausse nonchalamment une épaule.

— 102 yards. Pas mal.

— Pas mal, oui. Et n'oublie pas mes deux *touchdown*.

Je réduis l'espace qui nous sépare.

— Essaie d'en marquer trois, la prochaine fois, me dit Peyton avec un sourire malicieux.

— Tu es difficile, Rocky.

— Quand tu m'offriras quelque chose d'impressionnant, je serai impressionnée.

J'éclate de rire.

— Va pour trois, dans ce cas.

— Ça devrait suffire, sourit-elle en se redressant du mur contre lequel elle était appuyée. Je devrais y aller. On a cet événement du refuge pour animaux demain, et je dois m'assurer que tout est prêt.

Je hoche la tête. Elle retombe si facilement dans son mode professionnel.

— D'accord.

— Tu retournes chez toi directement, c'est ça ?

Je retiens une grimace à ces mots, qu'elle ne me dit pas sans raison.

— Pas de sortie pour moi. Je rentre à la maison et je

regarderai sûrement les vidéos de quelques anciens matchs avant d'aller me coucher à une heure raisonnable.

— Bien.

Nous nous faisons face, et aucun de nous ne bouge ni ne sait quoi faire. J'esquisse un mouvement à l'instant où elle en fait de même. C'est presque une danse.

Une description appropriée de notre situation de ces dernières semaines.

— On se voit demain, alors ? dis-je en tournant enfin les talons, prêt à rentrer chez moi me détendre après notre victoire.

— J'avais oublié à quel point j'aimais ça, me lance Peyton.

Je me retourne vers elle et hausse un sourcil.

— De quoi ?

— Te regarder jouer.

Ses mots m'atteignent droit au cœur et viennent se loger dans un recoin dont j'avais oublié l'existence. La part de moi qui lui appartenait. Qui lui appartient toujours.

Si je ne suis pas plus prudent, elle me brisera le cœur à nouveau.

— Bonne nuit, Peyton.

Chapitre Quinze

— **P**eyton. Merci infiniment d'être venue aujourd'hui. Nous sommes vraiment heureux que Colin ait accepté de nous aider à faire adopter ces chiens, me salue Nicole, la directrice du principal refuge pour animaux de Denver, en me serrant la main.

— Et lui donc ! Il a attendu ça toute la semaine.

L'homme en question est assis par terre, recouvert d'une montagne de chiens qui essaient tous de lui lécher le visage et de recevoir des caresses. Et Colin semble ravi de toute cette affection. Je suis certaine que sa joie évidente aidera à faire adopter ces pauvres animaux.

— Vous avez dit vouloir prendre quelques photos avant le début de l'événement ?

— Oui, je réponds en hochant la tête. Avec un peu de chance, ça permettra aussi d'attirer plus d'adoptants potentiels.

Quelques-uns des chiens sont tranquillement assis dans l'enceinte de la barrière temporaire installée pour l'occasion dans le City Park. Mon cœur se brise de les voir tous ici, mais j'espère que la présence de Colin aidera à faire de cette adoption un succès. Je ne lui dis pas que j'ai choisi de le faire venir pour cette raison exacte.

— Tu veux que je pose avec quels chiens, pour la photo ?

Le sourire de Colin est presque aveuglant dans la lumière de ce début d'après-midi.

— Qu'est-ce que tu penses de celui-là ? dis-je en désignant Gaufre, un adorable petit labrador blond.

Il n'est pas parti jouer avec les autres chiens, préférant renifler l'endroit qui l'entoure.

— Gaufre ? C'est quoi, ce nom ?

Gaufre lève la tête vers Colin et lui adresse un regard presque aussi sceptique que le mien.

— On s'en fiche, non ?

— Apporte-moi Pancakes avec et j'aurais tout un petit déj ! plaisante Colin en riant.

— Mon Dieu, elle est nulle, ta blague, soupiré-je en tentant de cacher mon gloussement.

— Et pourtant, elle t'a fait rire.

Colin ne me regarde plus. Il porte Gaufre dans ses bras, et le chiot lui lèche le menton avec application.

— Salut, mon pote. Tu espères que quelqu'un va t'adopter, aujourd'hui, hein ?

Le tableau m'émeut plus que je n'aime l'admettre. Ils se regardent avec une adoration visible l'un pour l'autre. Je les prends en photo en m'efforçant de ne pas trop y réfléchir.

— Parfait, ça fera l'affaire.

Je poste la photo sur ses réseaux sociaux, auxquels Earl ne voulait pas qu'il ait accès lui-même ces jours-ci. Et je veille à ignorer l'homme en chair et en os qui se tient désormais juste derrière moi.

— Oh, on dirait qu'il m'aime bien, commente Colin en regardant l'écran par-dessus mon épaule.

— Il suffisait donc simplement de se tourner vers nos amis canins pour te trouver des fans.

Je gratte affectueusement la tête de Gaufre avant de m'éloigner pour rendre compte de l'événement.

C'est la journée d'été parfaite pour l'occasion. Le soleil brille, le ciel est dégagé, et les promeneurs sont nombreux dans le parc.

Plusieurs familles sont venues jouer avec les chiens, qui courent partout avec les enfants. Quelques passants sont venus féliciter Colin pour la victoire des Lions, la veille.

Son attention à lui est insouciante et affectueuse. Il va chercher les chiens isolés et les présente à quelques familles.

Il est magique.

C'est le Colin dont je me souviens. Celui qui était si généreux avec son amour et son attention, à la fac ; pas le séducteur qu'il est devenu en rejoignant la ligue.

C'est comme s'il savait que je pensais à lui.

Il me regarde, et ses fossettes se creusent avec le sourire qu'il m'adresse.

Je fonds intérieurement en le voyant. C'est un sentiment qui était resté endormi en moi tout ce temps. Personne d'autre que lui n'a jamais su me le faire ressentir. Et il ne lui a fallu qu'un sourire pour que je réalise qu'il a commencé il y a longtemps déjà à saper petit à petit les murs qui protègent mon cœur.

J'aimerais pouvoir blâmer le soleil pour la chaleur soudaine de mes joues. Mais en réalité, elle est causée par l'homme qui me regarde.

***

Colin

L'après-midi a été épuisant. Quinze des dix-sept chiots de l'événement ont été adoptés. Parmi les deux restants, l'un est encore trop jeune mais habite avec la directrice, et l'autre est mon petit pote Gaufre, qui a passé la journée à me suivre. Ce qui ne me dérange pas le moins du monde.

— Vous avez gagné un fan, on dirait, observe Nicole. Il ne s'attache pas à grand monde, pourtant.

— On doit parler le même langage.

Je m'accroupis pour me mettre à la hauteur de Gaufre et lui tapoter la tête. Il essaie de mordre ma montre.

— Vous ne voulez pas le ramener chez vous, par hasard ?

— Moi ? m'exclamé-je, étonné, en m'asseyant par terre.

Gaufre s'installe immédiatement sur mes genoux.

— Je n'ai jamais eu de chien de ma vie, continué-je. Et mon emploi du temps ne n'y prête pas, avec tous les voyages qu'on fait pour les matchs.

Nicole lève les yeux au ciel tandis que Peyton nous rejoint.

— Peyton. Dites donc à Colin qu'il devrait adopter Gaufre.

— Personne n'a adopté Gaufre ?

La peine est visible dans ses yeux, et je réponds avant d'avoir pu me retenir :

— Je vais l'adopter, moi.

— C'est vrai ? s'exclame Nicole avec excitation.

Je ne peux que hocher la tête.

— Enfin, j'imagine qu'il y a d'abord une certaine évaluation à passer avant de déterminer que je ferais un bon maître, dis-je en lui adressant mon sourire le plus étincelant.

— Si Peyton se porte garante de vous, ça me suffit.

— Alors, Rocky ? Tu ne vas quand même pas forcer ce pauvre petit chiot à retourner dormir sur un sol froid, si ?

— Tu sais que les chiens ne dorment pas par terre, hein ? rétorque-t-elle en me regardant comme si j'étais un idiot fini.

— Gaufre dormira avec moi, de toute façon. Rien que le meilleur pour mon petit pote.

Comme s'il sentait que j'avais besoin d'aide, le chiot aboie.

— Tu vois ? Il m'adore.

— Je me porte garante. Seulement parce que je serai en mesure de surveiller que tu le traites comme un roi.

— Gaufre, je pense que c'est le début d'une belle amitié, déclaré-je en embrassant sa douce fourrure avant de le déposer à nouveau sur mes genoux.

— Parfait ! Je m'occupe de la paperasse. Il a un rendez-vous chez le vétérinaire demain, mais je peux vous l'apporter ensuite.

Nicole serre Peyton dans ses bras et part s'occuper du rangement.

— Tu veux sortir fêter ça, ce soir ? demandé-je à Peyton.

— Tu ne devrais pas plutôt aller acheter des affaires pour Gaufre ?

Peyton se penche pour lui gratter les oreilles.

— Je m'en occuperai demain. Mais j'ai un chien, maintenant. Je ne pourrai plus sortir tous les soirs, avec ce petit.

— Tu sais exactement quand recourir à tes fossettes, hein ? soupire Peyton en tentant de cacher son sourire.

— Je n'ai rien à dire pour ma défense. Ce sont mes fossettes qui t'ont séduite, après tout.

Chapitre Seize

COLIN

Je n'ai pas eu besoin de négocier longtemps. Peyton a été attirée par la promesse de nourriture mexicaine.

Rien de tel pour la séduire que du guacamole et quelques tortillas.

J'ai utilisé ce savoir à mon avantage.

— Tu es déjà venue ici ? lui demandé-je en lui tenant la porte.

L'endroit en question est un petit rade dans mon ancien quartier, celui où j'habitais avant de déménager dans une zone plus résidentielle où mon intimité était mieux respectée.

— Non, jamais. Je passe la plupart de mon temps à l'université. Enfin, plus maintenant, j'imagine.

Je la guide vers le fond de la pièce d'une main dans son dos.

— Colin ! Ça fait un bail ! me salue le barman en désignant deux tabourets libres.

— Salut, mec, content de te voir !

Je serre rapidement Rodrigo dans mes bras. C'est le propriétaire du bar, et nous sommes devenus amis à force que je vienne décompresser ici. Il a toujours adoré se tenir derrière le bar, parler aux gens et faire leur connaissance.

— Tu faisais quoi, tout ce temps ? demande-t-il avant d'attraper deux bouteilles de ma commande habituelle, une Pacifico, et de les déposer devant nous. Bravo pour le match de ce week-end, d'ailleurs. Denver va être difficile à battre si vous continuez à jouer comme ça.

— Je suis heureux que toutes ces heures d'entraînement aient porté leurs fruits, je réponds en glissant une des bières vers Peyton. Est-ce qu'on pourrait avoir du guacamole, avec ça ?

— Bien sûr. Je vous laisse un peu de temps, à toi et à ton amie, et je reviendrai prendre votre commande.

Il fait un clin d'œil à Peyton et s'éloigne vers d'autres clients.

— Tu amènes toutes tes amies ici, Colin ?

Peyton lève les yeux au ciel en posant la question et boit une longue gorgée de bière. Je suis fasciné par ses lèvres, qui s'enroulent autour du goulot. Il ne m'en faut pas beaucoup pour les imaginer entourer quelque chose de bien différent.

Putain. Je m'agite sur mon tabouret en tentant de calmer le désir que je sens monter en moi.

— C'est comme ça que tu me vois, Rocky ? Comme un bourreau des cœurs ?

La fraîcheur de la bière calme le feu de mes veines. Je ne veux surtout pas effrayer Peyton par mon intensité. Elle commence à peine à s'ouvrir à moi à nouveau, et je ne veux pas qu'elle reparte immédiatement en courant.

— Je ne serais pas ici si tu étais un saint, réplique-t-elle en croisant les jambes.

— Touché, je reconnais en riant. Mais il doit bien rester un peu d'espoir pour mon cas, non ?

Les yeux de Peyton me parcourent lentement. J'ai

soudain l'impression que ma peau est trop serrée pour contenir mon corps.

J'ai changé, depuis la fac. Le Colin qu'elle connaissait n'existe plus ; celui qui lui fait face l'a remplacé. Mes défenses se sont faites impénétrables. Je ne pouvais plus me permettre de perdre mon cœur comme je l'avais fait avec elle.

— Tu as fait du bon travail, aujourd'hui, murmure-t-elle.

Elle ne dit plus rien, sirotant sa bière. Les néons du bar l'entourent d'un halo presque céleste.

— Ça t'a fait mal de dire ça, hein ?

Rodrigo dépose devant nous un panier de chips et du guacamole.

— Merci, mec, lui lancé-je avec un hochement de tête appréciateur.

Peyton attrape une chips et la plonge dans le bol.

— Tu n'as vraiment pas besoin que je gonfle encore ton ego, mais tous les commentaires sur tes réseaux sociaux ont été très positifs.

— Tant que la direction de l'équipe le remarque.

— C'est le cas. Ils ont adoré les photos de cet après-midi. Les fans ne demandent qu'à te voir avec Gaufre une fois qu'il aura emménagé.

Je souris en pensant à la petite boule de poils.

— J'ai tellement hâte de lui faire visiter la maison. Mais, attends, et s'il ne s'y plaisait pas ? Et si je lui achetais la mauvaise nourriture ? Merde, c'est possible, ça ?

Peyton dépose une main chaude sur mon bras.

— Gaufre refusait de te quitter, aujourd'hui. Je ne pense pas que tu aies de souci à te faire.

— Tu seras là quand Nicole passera le déposer ?

— Tu devrais pouvoir te débrouiller. Gaufre n'est qu'un chiot. Tu t'en sortiras à merveille, me rassure-t-elle en plongeant une nouvelle chips dans le guacamole. Tu n'as certainement pas besoin de moi pour poster des photos de son arrivée sur tes réseaux.

— Peyton.

Je lui attrape le poignet avant de continuer :

— Je ne veux pas que tu viennes pour t'occuper de ma réputation. Je veux que tu viennes parce que j'en ai envie.

Les mots m'échappent avant que je ne puisse les retenir. Il serait tellement plus simple de prétendre que j'ai seulement besoin de son aide pour rétablir mon image auprès du public. Mais depuis l'instant où elle est entrée dans le bureau d'Earl, je n'ai eu qu'une envie : devenir à nouveau l'homme qu'elle sait que je peux être. Un homme qui peut la mériter.

— Quand as-tu changé ?

— Quoi ?

Sa question me prend de court.

— Tout ça, précise-t-elle en agitant la main vers moi, après avoir déposé sa chips. C'est le Colin que je connais. Quand as-tu changé ?

— Le jour où j'ai été sélectionné pour Denver.

— Rapide, comme réponse, commente-t-elle, les yeux plissés.

— C'est la vérité.

— Et alors, que s'est-il passé ? Tu t'es construit une image publique de séducteur et tu es tombé dans le rôle avec aisance, comme ça ?

— C'était plus facile que de risquer mon cœur.

Peyton a toujours été la seule personne à pouvoir me rendre honnête. Ces dernières années, il m'a été bien plus facile de me cacher derrière la perception qu'avaient les gens de moi plutôt que de me montrer sous mon jour véritable. Celui d'un homme qui n'avait jamais aimé qu'une seule femme.

Peyton.

J'ai besoin d'une distraction. Je prends sa chips et croque dedans.

— Hé ! C'était à moi, ça !

Elle attrape ma main avant que je n'aie le temps de finir et referme sa bouche sur mes doigts pour récupérer les dernières miettes.

Merde. Avec ses lèvres autour de mes doigts, il m'est difficile de garder mon sang-froid. Et à ses yeux écarquillés, je devine qu'elle le sent.

Toute cette conversation n'a cessé de faire remonter à la surface des émotions que je croyais enfouies à jamais.

— Vous êtes prêts à commander ? demande Rodrigo, interrompant notre échange de regards plein de tension.

Je nous commande chacun un plateau de leurs tacos spéciaux.

— Tu pars du principe que je voulais les tacos ?

Peyton croque dans une nouvelle chips en me jetant un coup d'œil malicieux.

— Tu n'aimes plus les tacos ?

Elle lève les yeux au ciel. C'est ça. C'est si simple, entre nous. On est doués pour rester à la surface.

— Si jamais un jour je décline une offre de tacos, tu sauras que quelque chose ne va pas.

— C'est noté.

Le reste de la soirée se déroule dans cette même ambiance légère ; la conversation ne se tarit pas. Nous finissons par nous lever pour partir, et je n'ai qu'une envie : la rasseoir sur son tabouret et l'obliger à rester là.

Je ne suis pas prêt à ce que ce moment se termine.

Je fais tourner mes clés dans ma main en raccompagnant Peyton à sa voiture.

— Je passe te chercher à quelle heure, demain ?

— Envoie-moi un message quand tu te réveilles, ça ira, me répond-elle en souriant.

Elle tend la main vers sa portière, mais j'attrape son poignet.

— Tu me fais un câlin, pour me dire au revoir ?

— Seulement parce que tu as bien travaillé aujourd'hui.

J'ouvre les bras, et Peyton s'avance.

À l'instant où ses mains se posent sur ma taille et s'y accrochent, quelque chose en moi tombe parfaitement en place. Un profond soupir m'échappe tandis que je repose ma tête au sommet de la sienne.

Tous les endroits où le corps de Peyton se presse contre le mien sont brûlants.

Est-ce que je devrais être inquiet à l'idée que quelqu'un puisse nous prendre en photo et ruiner tous les progrès que j'ai faits auprès du public ? Sans aucun doute. Mais je sais que cela n'arrivera pas ici, dans mon ancien quartier. Les gens du coin se fichent complètement de ma présence.

Les doigts de Peyton se resserrent, autant de petits tisons là où ils me touchent. J'en sens la chaleur à travers le tissu fin de mon t-shirt.

Nous allons si bien ensemble que cela semble inévitable.

Elle se recule, et le froid m'envahit.

— On se voit demain, conclut-elle avant de monter dans sa voiture.

Je la regarde s'éloigner.

Je souris en pensant à la journée que nous allons à nouveau passer ensemble demain.

J'ai vraiment l'impression d'avoir retrouvé ma Peyton. Et peut-être, peut-être, qu'il pourrait bien se passer quelque chose entre nous, après tout.

Chapitre Dix-Sept

— C olin. Tu as déjà bien assez de jouets.

— Mais s'il n'aime pas le dinosaure ?

Colin jette deux jouets en forme de cordes dans le chariot tandis que nous traînons dans les allées de l'animalerie.

Lorsqu'il m'a demandé d'être là quand Nicole amènerait Gaufre, je ne me doutais pas que l'expérience comprendrait une partie shopping.

— Gaufre sera heureux de ne pas devoir partager ses jouets, surtout.

— Il était avec combien d'autres chiens, jusqu'à maintenant ?

Colin pousse le chariot un peu plus loin. Nous avons reçu quelques regards par-ci par-là, mais personne ne nous a arrêtés pour demander une photo.

— Nicole en a trois, en ce moment.

J'attrape un paquet d'os pour Gaufre.

— Je n'en reviens pas que personne n'ait voulu de lui. Je vais lui donner la meilleure vie qui soit.

Il fronce les sourcils, concentré. Mon cœur se serre

dans ma poitrine en le voyant si attentionné. Depuis notre brève étreinte d'hier soir, le pauvre organe ne sait plus quoi faire.

Comment un simple câlin peut-il être aussi rempli de tension ?

J'en ai senti les effets dans tout mon corps. Notamment à des endroits qui ont eu besoin de soulagement par la suite.

Je secoue la tête. Ce n'est vraiment pas le moment d'y penser.

— Peyton, regarde comme c'est mignon !

Colin a l'expression fascinée d'un enfant le matin de Noël en me montrant le mini-ballon de football qu'il vient de trouver.

— On peut l'acheter, dis ?

Son enthousiasme me fait rire.

— Est-ce que tu m'écouterais si je te disais non ?

— Sûrement pas, non.

Il jette le jouet dans le chariot, et nous terminons nos courses.

— Je vais m'en sortir, hein ?

Colin est nerveux ; c'est rare. Nous passons à la caisse et retournons à sa voiture pour ranger ses affaires dans le coffre.

— À merveille, c'est promis. Les chiens, c'est facile. Et Gaufre t'adore déjà.

— Mon Dieu, c'est encore pire que de lire une histoire aux élèves de Tenley !

— Et comment ça s'était passé, ça, finalement ?

— Plutôt bien, j'imagine.

— Tu vois ? Tu vas y arriver.

Nous faisons le trajet rapide qui nous sépare de la maison de Colin, dans un quartier riche de Cherry Creek.

Une voiture nous attend déjà lorsque nous nous garons devant chez lui.

— Désolée, je sais que je suis en avance, mais je devais amener un autre chiot chez le vétérinaire, ce matin, s'excuse Nicole en ouvrant sa portière lorsque nous sortons de la voiture.

Gaufre descend à son tour et commence immédiatement à renifler les environs.

— Bienvenue dans ta nouvelle maison, Gaufre !

Colin ouvre le portail pour le laisser entrer dans le jardin, et le chiot remonte l'allée sans cesser de poser sa truffe partout, sous le regard attentif de Colin. Je sens qu'il est nerveux même à des mètres de distance.

— Détends-toi, Colin. Tout va bien se passer.

Je lui adresse un sourire rassurant.

Je l'ai rarement vu aussi stressé. Gaufre fouille dans les parterres de fleurs un moment avant de revenir s'asseoir devant son nouveau maître. Il penche sa petite tête sur le côté.

— Salut, mon pote. Je suis ton nouveau papa.

Colin s'accroupit devant lui, lui tendant le mini-ballon de football dans une main et laissant l'autre vide pour que Gaufre puisse la renifler.

Le chiot explore du bout du nez la paume de Colin avant de sauter dans ses bras. Ils tombent au sol tous les deux tandis que le petit animal couvre le visage de son maître de baisers.

— Mais oui, je vais être ton meilleur ami, c'est ça, roucoule Colin d'une voix nettement plus aiguë que d'habitude en serrant Gaufre dans ses bras.

OK, c'en est fini de moi. Je fonds complètement pour ce gars, même quand il fait couiner un mini-ballon de football en le serrant dans sa main.

— J'ai comme l'impression que Gaufre va bien se plaire, ici, commente Nicole.

Elle me tapote l'épaule avant de ressortir discrètement par le portail. Elle ne fait pas ses adieux, préférant laisser la nouvelle famille à sa découverte.

Colin

— Je devrais y aller, déclare Peyton en se levant du canapé.

Gaufre s'installe confortablement dans l'espace qu'elle libère. Il est tombé complètement sous son charme.

Mon chien a bon goût.

— Reste. Laisse-moi nous commander à dîner.

Peyton récupère son manteau dans la cuisine.

— Non, il faut que j'y aille. Le trajet est long, jusque chez moi.

— Tu peux passer la nuit ici. J'ai la place, je m'entends proposer.

— Je ne crois pas que ce soit une bonne idée.

Elle enfile son manteau et pose les mains sur le plan de travail.

— J'en ai eu des pires. Allez, tu sais que tu le veux, tenté-je en avançant d'un pas vers elle. On pourrait parler.

— De quoi ?

— Tu n'as pas envie de savoir ce que j'ai fait, ces dernières années ?

Elle lève les yeux au ciel.

— Je sais parfaitement ce que tu as fait tout ce temps. Il faut que j'y aille.

Mon cerveau tourne à plein régime, désespéré de

trouver une excuse. Je ne m'étais pas rendu compte à quel point je voulais qu'elle reste avant qu'elle ne se prépare à partir. J'aime la voir chez moi.

— Tu ne veux pas savoir comment j'ai joué ni mes nouvelles statistiques, non plus ?

Je suis allé chercher loin, je le sais. Aucune importance.

— Reviens m'en parler quand tu auras fait 2000 yards dans la saison, murmure Peyton.

Pas assez bas.

C'est ce que j'attendais.

Je réduis le peu de distance qui nous sépare encore et l'entoure de mes bras, son dos contre mon torse.

— Pardon ? Je n'ai pas bien entendu.

Je repousse ses cheveux sur le côté et continue d'une voix basse, mon souffle frôlant son cou :

— Tu disais ?

Sa peau se couvre de chair de poule.

— Ce n'est pas comme si tu avais réussi à passer les 2000 yards en une saison, dit-elle dans un soupir.

— Et comment se fait-il que tu en sois aussi certaine ?

Je me presse contre elle, lui permettant de sentir la solidité de mon corps. Et d'un endroit en particulier, plus dur que le reste.

— Il se peut que j'aie regardé un match ou deux.

— Plutôt deux.

Je résiste à l'envie de rire, mais maintenant que je le sais, je ne peux m'empêcher d'insister :

— Tu en as regardé combien, Rocky ?

Elle se retourne dans mes bras et croise les siens pour lui servir de bouclier.

— Tous, d'accord, je les ai tous regardés. C'est ça que tu voulais entendre ?

Je suis incapable de retenir le sourire qui illumine mon visage.

— Pas la peine d'avoir l'air aussi satisfait. Ça ne te va pas très bien, comme expression.

— C'est que je suis en train de t'imaginer vêtue de mon maillot, à assister à tous mes matchs.

— Je n'ai jamais dit que je portais ton maillot.

— C'est le cas dans mes fantasmes, répliqué-je en me penchant pour humer son doux parfum.

— Mon Dieu, Colin.

Je m'approche encore plus et presse mon genou entre ses jambes.

— Alors, dis-moi tout, comment m'en suis-je sorti selon les standards de Peyton ?

— Plutôt pas mal.

— Pas mal ?

Je hausse un sourcil. Ma première saison était bien plus impressionnante que ça. S'il n'y avait pas eu ce nouveau *quarterback* incroyable à Indianapolis, j'aurais gagné le prix du meilleur rookie de l'année.

— Seulement six *touchdown* ? Je sais que tu pouvais faire mieux.

Son ton est glacial, mais je vois qu'elle résiste à l'envie de sourire.

— Aïe.

— Une moyenne de 9,8 yards par réception ? Quoi, Colin, tu ne pouvais pas faire les quelques centimètres qui te séparaient du 10 ?

Mon Dieu, écouter cette femme égrener des statistiques m'excite plus que n'importe quels préliminaires.

— Et pourtant, j'ai battu tous les autres rookies de cette saison.

Je me penche jusqu'à ce que ma bouche ne soit plus qu'à un doigt de la sienne.

— Au moins, tu as passé les 100 réceptions.

Lorsque ses yeux se posent sur mes lèvres, je n'hésite

plus. Je plonge sur sa bouche pour un baiser passionné. Je recouvre son hoquet de surprise et plaque ma langue contre la sienne.

Putain, ce que j'aime l'embrasser.

Je me laisse entraîner par notre baiser, nos langues qui se mêlent. Chaque caresse provoque un éclair de désir au creux de mon ventre. Je voudrais faire tellement plus que l'embrasser.

Ses poings se serrent sur mon t-shirt, comme si elle hésitait entre me repousser et m'attirer à elle. Mes propres mains se sont déjà décidées et glissent le long de son corps jusqu'à se poser sur ses hanches.

Un seul baiser, et je suis accro. Comme le dernier des drogués, je sais qu'une seule dose de ces lèvres ne me suffira pas. Je n'en aurai jamais assez.

Mais le baiser s'achève, bien trop tôt.

— Mon Dieu, murmure Peyton en recouvrant ses lèvres gonflées d'une main tout en me repoussant de l'autre. Il faut que je parte.

Elle tourne les talons et quitte la maison en un clin d'œil.

Peut-être qu'il lui a fait peur, ce baiser, mais à moi ?

Il m'a seulement rappelé la seule chose que je désirais à une époque de ma vie.

Peyton.

Et personne d'autre.

Chapitre Dix-Huit

COLIN

— Comment tu te sens à l'idée d'affronter Los Angeles à nouveau, Jackson ?

Alex analyse une énième vidéo de tactique défensive sur l'écran de l'iPad qu'il tient à la main.

— Tant qu'ils ne me foncent pas dessus, je devrais m'en sortir.

La colère dans ses yeux ne m'échappe pas.

— S'ils essaient, je m'occupe d'eux, grogne Knox.

Il fait craquer ses articulations, et je sais qu'il est sérieux.

— Ne va pas jusqu'à te faire sortir du jeu, le prévient Alex sans lever les yeux.

Nous avons beau être tous capitaines de nos unités, c'est lui le chef de l'équipe, et nous prenons ses ordres très à cœur.

— Ce match ne va pas être facile, poursuit-il.

— Alex, nous sommes prêts. Tu sais que c'est possible d'en faire trop, hein ? lui rappelé-je.

Il referme l'étui de son iPad d'un coup sec.

— OK, me dit-il. Dans ce cas, parlons un peu de toi.

— Pourquoi ? demandé-je en triturant nerveusement le bouchon de ma bouteille d'eau.

— La dernière fois qu'on s'est parlé sérieusement, tu essayais de rentrer dans les bonnes grâces d'une certaine personne, il me semble.

Merde.

— Ça ne vaut pas la peine d'en parler.

— Oh, mais je crois bien que si, réplique-t-il avec un sourire rusé. Il n'y a eu aucune mention de ton nom dans les tabloïdes récemment, à ma connaissance. On dirait bien que ta conduite est réellement irréprochable.

— D'après Tenley, cette fille ne te quittait pas des yeux, ajoute Jackson en arquant un sourcil suggestif.

— Attends, quoi ? Tu sais de qui il s'agit ? s'exclame Alex en lui frappant la poitrine. Qu'est-ce que tu nous caches, Jackson ?

— Je croyais que tout le monde le savait, répond-il en haussant les épaules.

— Tu ne t'en serais probablement jamais rendu compte toi-même si Tenley ne te l'avait pas fait remarquer, pointe Knox en levant les yeux au ciel. Tu ne fais attention qu'à elle, d'habitude.

Jackson prend un air rêveur.

— J'ai l'air de ça, moi aussi, quand je parle d'elle ? demandé-je en le désignant d'un geste.

— Oui, répond Alex en hochant la tête. C'est clair comme de l'eau de roche. Jackson ne s'en rend pas compte parce qu'il nage en plein bonheur.

Celui-ci s'adosse au dossier de sa chaise en croisant les bras.

— Un état que je vous recommande chaudement.

— Revenons-en à nos moutons, reprend Alex en agitant la main. La fille mystère, c'est Peyton, n'est-ce pas ?

— Chut !

Nous avons beau n'être que tous les quatre dans la pièce, je lui indique de baisser le ton. Décidément, cette réunion des capitaines a très vite viré au débat sur ma vie amoureuse.

— Techniquement, nous n'avons pas le droit de sortir ensemble, expliqué-je. Enfin, je ne nous considère même pas comme ensemble, à ce stade, d'ailleurs.

— Oh, merde, murmure Knox.

Son expression tourmentée m'indique que ses mots ont une portée plus importante qu'il n'y paraît.

— Je n'ai qu'une question à te poser. Vaut-elle le coup de risquer ta carrière ? me demande Alex d'un ton ferme.

Son regard est dur.

Un instant, j'hésite. Pour la première fois, je prends le temps de considérer la situation. Je n'y ai pas réfléchi à deux fois, après notre baiser. Toute notre frustration et toute la douleur de ces années séparées, libérées d'un seul coup dans ce baiser si intense.

Un baiser ne devrait pas avoir autant d'effet. Et pourtant…

— Ce n'est pas *ma* carrière qui me préoccupe.

— Et ce n'est pas ce que je te demande, réplique Alex en posant ses bras sur la table. Elle n'est pas la seule à la risquer. Et si tu dois changer d'équipe ? Qu'est-ce qui nous arrive, à nous ?

Je dévisage tour à tour les hommes qui me font face.

— Vous croyez que je n'y ai jamais réfléchi ? Putain, il y a même des jours où je suis incapable de penser à autre chose. Je sais bien que mes actions passées ont donné une mauvaise image à l'équipe…

— Pour le dire gentiment, intervient Knox avec un reniflement amusé.

Je lui fais un doigt d'honneur avant de poursuivre :

— Mais je fais de mon mieux, d'accord ? Je veux être avec elle. C'est la seule chose qui a du sens à mes yeux.

Jackson me tape sur l'épaule.

— Dans ce cas, fais bien attention. On t'aime, Colin, et on ne veut pas que tu aies des ennuis.

Je fais semblant d'essuyer une larme, et le geste dissipe la tension qui montait dans la pièce.

— Oooh, c'est trop mignon. Grincheux s'avère avoir un cœur d'or.

— Ta gueule, mec.

— Plus sérieusement, Jackson, ça te va bien d'être heureux.

Après sa blessure au genou, l'an dernier, il était sacrément difficile à gérer. Finalement, il a suffi d'une certaine Tenley pour qu'il change du tout au tout.

Est-ce que je suis comme lui ? Mis à part le fait que mes amis me voient comme un séducteur incapable de s'engager ? Ce n'est pas la vie que je veux.

Ce baiser avec Peyton m'a mis à genoux, presque littéralement. Je rêve de l'adorer comme je sais qu'elle le mérite. Mais cette même question reste : est-elle prête à aller plus loin ?

— Je n'en peux plus de vous, les gars, dit Knox en riant. Vous êtes pires que ma grand-mère et ses copines.

— J'en suis témoin. Il ne vaut mieux pas les énerver, confirmé-je en grimaçant. Je ne savais pas qu'une partie de bingo pouvait être aussi animée.

— Et elles ne jouent que pour des tickets de loterie, ajoute Knox en me désignant du doigt. Mais mort à quiconque se tient entre elles et leurs cases à gratter.

— Knox ! Il faut qu'on passe en revue quelques nouvelles tactiques. Retrouve-moi dans la salle de conférences dans dix minutes ! annonce Frankie en passant la tête dans l'encadrement de la porte avant de disparaître aussitôt.

— Putain, je vais devoir analyser leur attaque combien de fois ? marmonne l'intéressé en vidant le reste de sa bouteille d'eau.

— Qu'est-ce que tu lui as fait pour qu'elle te déteste à ce point ? lui demandé-je tandis qu'il se lève.

Il fait craquer sa nuque et se dirige vers la porte.

— Alors là.

— Va, et apprends leurs tactiques par cœur pour pouvoir étaler leur *quarterback* comme tu rêves de le faire.

Je lui adresse mon meilleur sourire, et il m'en rend un mielleux en retour.

— Et toi, va apprendre les meilleures trajectoires de passes pour pouvoir attraper le ballon sans te faire intercepter.

— Hé ! C'est moi que ça insulte, ça ! s'insurge Alex. Casse-toi, et arrête d'énerver ta coach.

Knox lui fait un salut moqueur en sortant.

— Chef, oui, chef !

Je ne peux m'empêcher de rire. Ces gars font plus partie de ma famille que mes propres parents. Et je ferais tout pour passer le reste de ma carrière à leurs côtés.

Jusqu'à mettre en pause ma vie personnelle ? Jusqu'à renoncer à découvrir si ce qui se passe entre Peyton et moi pourrait aller plus loin ?

Il y a quelques années, je ne voulais qu'elle.

Ai-je le droit de refaire ce vœu ?

Je ne peux que l'espérer.

Chapitre Dix-Neuf

Il est tard. Je ne devrais pas être ici, et pourtant… J'aimerais discuter avec Colin des quelques événements prévus cette semaine, avant qu'il ne s'enferme dans sa déception.

Les Lions se sont bien battus pendant leur match contre LA, mais c'est eux qui sont sortis perdants de la rencontre, 21 à 24. Et rien n'est pire que de perdre à cause d'un *field goal* de dernière minute.

Je suis traversée d'un éclair d'anxiété. Je ne suis pas revenue chez Colin depuis qu'il m'a embrassée. Je ne voulais pas me retrouver seule avec lui ; j'étais inquiète de vouloir recommencer. Et qu'un baiser me donnerait envie de plus.

— Peyton, que fais-tu ici ?

Colin a l'air épuisé lorsqu'il m'ouvre la porte. Gaufre est à ses pieds, la queue frétillante.

— On n'a pas encore passé en revue le programme de la semaine.

— Et ça ne pouvait pas attendre demain ?

— Non. Earl t'a prévu une réception demain soir, il valait mieux voir ça aujourd'hui.

— Oh, putain, marmonne-t-il.

Il ouvre la porte en grand et me fait signe d'entrer.

— Allez, Gaufre, viens, appelle-t-il son chien.

Je le suis jusqu'à la cuisine, observant ses épaules basses.

— Tu peux faire ça vite ?

Il se laisse tomber sur un tabouret, et son regard me supplie d'en finir.

— Ce n'était pas de ta faute, tu sais.

Je dépose mon sac à main sur le plan de travail, devant moi. Sa posture se raidit, et c'est comme si un océan nous séparait.

— Je n'étais pas au maximum de mes capacités. Bien sûr que c'était ma faute, se plaint-il. Mon père me l'a déjà bien dit. Je dois jouer mieux que ça.

Ah, ces athlètes. Tous les mêmes. Toujours à vouloir porter seul un fardeau qui n'est la faute d'aucun individu particulier.

— Tu étais encore dans les limites sur cette dernière passe, quand les arbitres t'ont mis en hors-jeu. Tu n'aurais rien pu faire.

— Ce n'est pas la première fois que je ne peux rien faire, murmure Colin.

— Comment ça ?

Je dresse l'oreille à ses mots.

— Tu dis que ce n'est pas ma faute, mais j'ai l'impression que beaucoup de choses le sont, après tout.

— Quel est le rapport avec le match de cet après-midi ?

Il secoue la tête et se relève. Il fait bien une tête de plus que moi.

— Le rapport, c'est avec notre relation. J'en ai assez de tourner autour du pot.

Cette conversation me donne des maux de tête.

— Je suis venue discuter du programme de la semaine. Comment on se retrouve à parler de notre relation ?

— Je veux en parler. Et toi, on dirait que tu n'en as jamais envie.

Il me tourne le dos. La tension qui émane de lui est palpable.

— Ah, tu veux parler de nous ? D'accord.

Je ne sais pas pourquoi cet homme est capable de me rendre furieuse avec si peu de mots. Mais c'est le cas, visiblement.

— Dis-moi pourquoi tu es parti, je poursuis.

Il se retourne brusquement, tout à fait sérieux.

— Pourquoi *je* suis parti ? C'est *toi* qui es partie !

— Tu m'as repoussée comme si je ne valais rien à tes yeux !

Plus rien n'arrêtera la colère qui s'échappe enfin.

— Tu étais tout, pour moi, Colin ! continué-je. Et tu m'as traitée comme si je n'étais rien à tes yeux.

— Moi ? Et toi, alors ? C'est toi qui m'as écrit une lettre d'adieu, sans autre explication !

— Mais de quoi tu parles, enfin ?

— Tu m'as envoyé une lettre. Pour me dire que les choses étaient devenues trop intenses entre nous après cette fois où on a craint que tu sois enceinte. Tu me souhaitais bonne chance pour la sélection et me demandait de ne plus te contacter.

Sa poitrine se soulève à chaque inspiration.

— Je ne t'ai jamais envoyé de lettre. Mais j'en ai reçu une de toi.

— Je n'en ai pas envoyé non plus.

— Si, insisté-je en secouant la tête. Et elle m'a brisé le cœur.

— Non, réplique Colin, catégorique. C'était toi.

— Cette conversation ne mène nulle part.

Je tends la main vers mon sac, mais Colin m'en empêche.

— Ne t'en vas pas, Peyton. Pas cette fois.

La force qui l'entoure m'arrête net.

L'air crépite, comme un orage prêt à éclater. Une seule étincelle, et nous brûlons. Colin fait un pas vers moi. La flamme de son regard ne laisse pas place au doute.

Un pas de plus.

Il est si proche que je vois l'éclat de ses yeux. Il l'a toujours eu, même avant qu'on commence à sortir ensemble. Cinq ans plus tard, et rien n'a changé.

Ce regard déclenche un véritable incendie au creux de mon ventre. Je déteste l'effet qu'il a sur moi. Il est le seul à l'avoir, et je ne peux rien faire. Pas lorsqu'il me dévisage comme s'il voulait me dévorer tout entière.

Ses sourcils se lèvent imperceptiblement, comme pour me demander la permission de bouger. Ma seule réponse est d'écraser mon corps contre le sien.

Rien ne m'a jamais paru aussi fondamentalement évident que ses lèvres contre les miennes. Colin domine ce baiser. J'avais oublié ce qu'il provoquait en moi. Ce que j'éprouvais à la sensation de sa langue contre la mienne.

Un gémissement m'échappe, et il le contient de sa bouche. Sa langue caresse la mienne. Un véritable brasier prend vie en moi, traversant mon corps pour venir se loger entre mes jambes.

— Putain, Peyton, murmure Colin en se reculant sans pour autant lâcher mon visage. Putain.

Son souffle est chaud sur ma peau. Les lumières tamisées de son salon l'entourent d'un halo lumineux. Je m'étais interdit d'admettre à quel point il est sexy.

Mais ce Colin est différent de celui que j'ai connu.

Ses épaules sont plus larges. Ses biceps plus épais. Je pose la main sur son ventre, m'imaginant à quoi ressemblent les muscles solides que j'y sens. C'est à la fois mon Colin et un nouveau Colin, rassemblés dans cet homme.

Cet homme que je m'étais juré de garder à distance.

Et nous voilà.

— À quoi tu penses ? murmure Colin en rapprochant sa bouche de la mienne.

Il trace le contour de ma lèvre inférieure du bout de la langue.

— Au désir que je ressens pour toi.

Je ne prends pas la peine de cacher ce que révèle ma voix.

Colin me soulève dans ses bras sans la moindre difficulté. Je glisse mes doigts dans les douces mèches de ses cheveux tandis qu'il m'entraîne dans un nouveau baiser, plus doux, mais non moins passionné. Je m'accroche à lui de toutes mes forces, comme s'il pouvait disparaître à tout moment si je n'étais pas là pour le retenir.

Il me porte à travers la maison jusqu'à sa chambre et en referme la porte pour éviter que notre ami canin ne vienne nous interrompre. Il appuie un genou sur le lit et m'y dépose, allongée devant lui. Son érection est visible sous son short de sport.

Même si c'est le moment d'explorer cette connexion qui a repris vie entre nous, j'ai surtout besoin de le sentir partout sur mon corps. J'attrape l'ourlet de mon t-shirt, le retire et le jette derrière moi.

— Aucune femme ne t'est jamais arrivée à la cheville, murmure Colin.

— Quoi ?

Il glisse son doigt le long de ma poitrine, entre mes seins, jusqu'en bas. Ma peau se couvre de chair de poule tandis qu'il trace le contour du haut de mon pantalon.

— Quoi que je fasse, je n'ai jamais réussi à te remplacer.

Cette confession avouée à voix basse entrouvre enfin la porte de la partie de moi que j'avais interdite d'accès. Interdite à quiconque n'était pas lui.

La douleur pure que je lis dans ses yeux suffit à fondre la glace qui entourait mon cœur. Je serre son t-shirt dans mon poing et l'attire à moi. Je déverse la moindre goutte de mes émotions dans ce baiser. Je m'accroche à lui, refusant de perdre le moindre instant de plus.

Dans les recoins les plus sombres de mon esprit, je sais que le temps nous est compté. Earl a été très clair : interdiction de fraterniser avec les clients. Mais comment m'en souvenir alors que Colin presse son corps contre le mien ? J'ai tellement envie de sentir sa peau que j'en ai mal.

— Colin, le supplié-je. J'ai besoin de te sentir en moi.

Rien n'aurait pu me préparer à ce qui m'attend lorsqu'il enlève son t-shirt à son tour. Il a trop d'abdos pour que je puisse les compter. Ses pectoraux sont si définis qu'on dirait des coussins. Et son torse est parsemé de quelques poils foncés ; au moins un détail qui n'a pas changé.

— La vue te plaît ?

Je me passe la langue sur les lèvres.

— Je crois que tu connais la réponse à cette question.

— Mon Dieu, je n'arrive toujours pas à croire que tu sois vraiment là, murmure-t-il.

Je laisse ses mots m'entourer. Moi aussi, j'ai du mal à y croire.

— J'ai tellement rêvé de ce moment. De ce qui se passerait si on se retrouvait.

— Ah oui ? Que se passait-il exactement, dans ces rêves ?

Colin pose sa main brûlante sur mon ventre. Les papillons qui s'y trouvent se battent pour être le plus près possible de sa paume.

— Un peu la même chose qu'ici. Sauf que ta bouche était sur ma peau.

— Je pense pouvoir arranger ça, réplique-t-il avec un sourire arrogant.

Ses doigts se glissent sous la ceinture de mon pantalon et déclenchent un nouveau tir de feux d'artifice en moi alors que sa bouche remonte sur ma poitrine.

— Tes seins m'ont manqué, dit-il sans me quitter des yeux tandis que sa langue longe le bord de mon soutien-gorge. Ils font la taille parfaite pour mes mains. Et ils sont si sensibles.

Colin baisse le tissu pour exposer mon téton durci à l'air libre. Sa langue le frôle à peine, mais j'en ressens les effets dans tout mon corps. Mon dos se cambre, mon corps cherche à se rapprocher du sien.

— Encore, je gémis.

— Encore quoi ?

Sa main libre détache le bouton de mon pantalon et en baisse la braguette.

— Tout. Je te veux.

Ces mots en révèlent plus que je n'aime à l'admettre, mais à ce stade, je suis incapable de les retenir.

C'est Colin.

Mon Colin.

Celui qui était tout pour moi.

Maintenant qu'il est à nouveau à moi, je n'ai pas l'intention de perdre la moindre seconde.

— Tes désirs sont des ordres, Rocky.

Ses dents se referment autour de mon téton et je laisse échapper un gémissement bruyant. L'attention qu'il me porte est sans égale. Il sait exactement ce qu'il me faut avant même que je lui dise.

Sa langue passe à mon autre sein, et ses doigts frôlent le tissu fin qui recouvre mon sexe.

— Tu es déjà trempée, Peyton.

J'enroule une jambe autour de son corps, m'efforçant de l'attirer plus près.

Je ne peux que marmonner une réponse incohérente alors qu'il écarte d'un geste la dentelle qui lui fait obstacle et plonge un doigt en moi.

— Tu vas jouir rien qu'avec ça ?

Il se fait plus insistant, suçant mon téton tandis que son doigt continue ses va-et-vient.

— Continue, ne t'arrête pas !

Mes ongles s'enfoncent dans son dos tandis que je m'efforce de me raccrocher aux derniers fils de ma conscience avant qu'il ne déchire mon monde en deux. Il n'y aura plus de retour en arrière possible après ça ; mais cela ne m'effraie pas.

Colin replie son doigt en moi sans cesser de lécher mon sein. Je suis si excitée que la combinaison de ces deux gestes m'envoie directement au cœur d'une spirale d'étoiles et de couleurs. Mon moindre nerf est en feu tandis qu'il me guide à travers l'un des orgasmes les plus intenses de ma vie.

Lorsqu'il finit par retirer son doigt, je flotte dans l'espace. La seule chose qui me retient sur Terre est le poids de son corps sur le mien.

— J'avais oublié comme tu étais belle quand tu jouis.

Colin embrasse la veine qui bat dans mon cou.

Je souris à la sensation de ses lèvres sur ma peau.

— Exactement comme dans mon souvenir.

— Ah oui ?

Il se redresse, les mains posées de chaque côté de ma tête. Ses lèvres sont humides et gonflées de nos baisers.

— Hmm, oui. Mais je me demande…

Je place une main au centre de son torse musclé et le repousse en arrière sur le lit.

— Tu te demandes ?

— Si toi aussi, tu es toujours aussi beau quand tu jouis.

Je me lève le temps de retirer mes derniers vêtements et reviens m'installer sur ses genoux.

— Je serais ravi de t'aider à trouver la réponse à cette question.

Il mordille ma mâchoire et passe ses doigts dans mes cheveux pour pencher ma tête en arrière.

Ses lèvres chaudes sur ma peau m'excitent au plus haut point. Ses caresses me rendent folle. Je ressens à la fois trop de sensations et pas assez.

Je descends ma main sur sa poitrine et la glisse sous la ceinture de son short pour caresser l'acier recouvert de velours qui m'y attend.

— Toujours pas fan de sous-vêtements, à ce que je vois.

— Pourquoi m'embarrasser d'un caleçon quand je suis tout seul chez moi ?

Je pompe d'un geste décidé, savourant la sensation de son membre entre mes doigts. Son gland luit tandis que je continue mes mouvements. Colin rejette la tête en arrière ; j'adore constater l'effet que j'ai sur lui.

— Putain, qu'est-ce que tu le fais bien.

Il lève les hanches en rythme pour venir à la rencontre de ma main, étalant le liquide qui le recouvre.

— Putain, Peyton, c'est si bon. Je ne vais pas tenir longtemps.

Il éloigne ma main d'un geste. L'intensité que je lis dans ses yeux est plus forte que jamais.

— Je veux te sentir en moi, murmuré-je en entourant son cou de mes bras, pressant mon front contre le sien.

Il se décale pour baisser son short et tendre la main vers la table de chevet, d'où il sort un paquet de préservatifs. Mes yeux suivent sa main du regard tandis qu'il en déroule un le long de son sexe, d'un rouge vif. Je meurs d'envie de le sentir au plus profond de moi, dans cet endroit que lui seul peut atteindre.

Je me redresse sur les genoux et retiens ma respiration tandis qu'il se place sous moi pour que je puisse me laisser lentement tomber sur lui.

— Mon Dieu, articulé-je dans un gémissement.

Colin a toujours été d'une taille conséquente, mais j'avais oublié à quel point il m'étirait, me remplissait entièrement. J'en ai le souffle coupé.

Ses doigts trouvent mon clitoris et jouent avec pour m'aider à me détendre.

— Tout va bien, Rocky ?

Je hoche la tête en me laissant tomber de quelques centimètres de plus. Ses caresses aussi légères que des plumes me distraient de l'éclair de douleur que je ressens en le prenant pleinement en moi.

—J'avais oublié ta taille.

— Merci du compliment, murmure-t-il en attrapant mon menton de sa main libre pour m'attirer à lui.

Ses lèvres écrasent les miennes en un baiser pressant. J'ai du mal à retenir mes émotions alors que je me mets à bouger, alignant mes mouvements sur les siens.

C'est si facile, ce partage, cette harmonie. Comme si nos corps avaient été faits l'un pour l'autre, et pour personne d'autre.

Mes mains le parcourent, cherchant un point d'appui.

— Mon Dieu, Colin, j'y suis presque.

— Je suis là.

Son souffle me réchauffe le cou tandis que je m'élance vers mon deuxième orgasme de la soirée. Un tour de mes hanches, les doigts habiles de Colin sur mon clitoris, et je jouis autour de lui. Ses mains puissantes me maintiennent en place tandis qu'il continue ses va-et-vient. Ma peau vibre, et je sais qu'il ne va plus tarder à me rejoindre.

Je le sens pulser en moi, extraire de mon corps jusqu'à la dernière goutte de plaisir, comme lui seul sait le faire.

Nous restons silencieux le temps de retrouver nos esprits.

— Mince, Peyton. J'avais oublié à quel point c'était bon.

— Moi aussi.

Je plonge mes doigts dans ses cheveux et le serre contre moi.

Parce que maintenant que j'ai retrouvé cette sensation de l'avoir à mes côtés ?

Il est hors de question que je le lâche.

Chapitre Vingt

PEYTON

Je suis réveillée par un grattement à la porte. Un bras lourd est passé autour de ma taille, me gardant près de Colin. J'enfouis mon sourire dans l'oreiller ; j'adore me réveiller près de lui.

Les grattements continuent. Je jette un coup d'œil au réveil et constate qu'il est déjà sept heures. Heureusement, mon stage me laisse la flexibilité suffisante pour ne pas être obligée d'aller au bureau. Surtout que mon client partage actuellement mon lit.

J'attrape le t-shirt de Colin au bout du lit et l'enfile avant de me diriger à pas de loup vers la porte. Gaufre me salue d'un aboiement surexcité dès qu'il me voit.

— Coucou, mon grand. Désolée de t'avoir empêché de dormir avec ton papa cette nuit.

Je le prends dans mes bras et enfouis mon visage dans sa douce fourrure. Il n'y a rien de meilleur au monde que l'odeur d'un petit chiot.

Je descends les escaliers et découvre une véritable scène de carnage à base de rembourrage de coussin.

— Oh, merde.

Gaufre gigote dans mes bras, impatient de retourner jouer dans le chaos qu'est devenu le séjour de Colin.

— Mais qu'est-ce que tu as fait ?

Il court en direction du canapé et saute par-dessus le dossier en agitant la queue, très fier de lui.

— C'est quoi, ce bordel ? s'écrie Colin derrière moi.

Gaufre aboie avant de partir en courant vers son maître.

— Qu'est-ce que tu as fichu, mon pote ?

Il essaie de le réprimander, mais ça ne marche pas. Il serre déjà la minuscule patte de Gaufre dans sa main.

— J'imagine qu'il était frustré de ne pas pouvoir dormir à sa place habituelle.

Colin m'attire contre lui et passe son bras sur mes épaules.

— Il va falloir qu'il s'y habitue, réplique-t-il en me mordillant le cou.

— Nous allons devoir l'éduquer, dans ce cas.

Je me tourne dans ses bras. Il a les cheveux tout ébouriffés à cause de mes mains, qui ont passé des heures à les agripper. Nous ne nous sommes pas arrêtés au bout d'une seule fois. C'était comme si on devait rattraper le temps perdu, et caser le plus d'orgasmes possible dans notre première nuit.

Ce qui ne m'a pas dérangée le moins du monde, même si le résultat est que je suis un peu courbaturée ce matin.

— J'ai cru entendre un « nous » ?

Je glisse mes mains sur ses pectoraux avant de les passer dans sa nuque. Je l'attire à moi, et sens sa respiration mentholée.

— Je pars du principe que tu auras peut-être besoin d'aide pour t'occuper de ton chien quand tu seras en déplacement, c'est tout.

Colin baisse les yeux vers Gaufre, qui s'est assis à nos pieds.

— Tu crois que tu seras à la hauteur ? Que tu ne lui feras pas peur ? lui demande-t-il.

Le chiot se contente de le regarder.

— Pour l'instant, je crois qu'il a surtout besoin de manger et de sortir un peu.

Colin l'emmène dans le jardin et laisse la porte ouverte pour qu'il puisse revenir à l'intérieur une fois qu'il aura fini. Il s'occupe de lui trouver des croquettes, et je lance la machine à café pendant ce temps.

Je me hisse sur le plan de travail pendant que la machine travaille et regarde Gaufre bondir vers Colin.

Ils s'aiment à la folie, tous les deux, c'est évident. Je serais incapable de dire lequel a le plus d'adoration dans les yeux en regardant l'autre.

— Qu'est-ce qui te tracasse ?

La voix de Colin me ramène à l'instant présent.

— Je profite de ce tableau matinal, c'est tout.

— Ah oui ?

Il vient se placer entre mes jambes, écartant mes genoux pour se créer un espace et gardant ensuite ses mains posées dessus.

— Mes hommes sont plutôt mignons, tous les deux.

— Ah, parce qu'on est tes hommes, maintenant ?

— Enfin, si vous voulez l'être, dis-je en haussant les épaules.

Le regard de Colin s'enflamme.

— Il n'y a qu'une réponse possible à cette question.

— Tant mieux.

Je me penche vers lui pour capturer ses lèvres dans un baiser. Sa barbe légère gratte mon menton.

— Tu es obligée d'aller travailler, aujourd'hui ? demande-t-il en pressant son front contre le mien.

Ses doigts remontent le long de mes cuisses et jouent avec l'ourlet du t-shirt que je lui ai emprunté.

— C'est toi, le travail.

Les mots s'échappent avant que je n'aie le temps de réfléchir, et je me refroidis immédiatement en y pensant. Earl a été très clair : interdiction de fraterniser.

— Qu'est-ce qui t'arrive ? murmure Colin en déposant un baiser juste sous mon oreille.

— On ne peut pas être vus ensemble.

Je le repousse pour plonger le regard dans ses yeux d'un bleu profond. Ses cheveux qui lui retombent sur la figure lui donnent l'air du jeune homme que j'ai rencontré à la fac.

— On va s'en sortir.

— J'aimerais que ce soit aussi facile.

Colin attrape mon menton fermement et me force à soutenir son regard.

— Je viens de te récupérer. Tu crois vraiment que je vais te laisser partir aussi facilement ?

— J'imagine que non, dis-je en souriant.

— Bien. On fera au jour le jour. Ensemble.

J'aimerais partager son assurance, mais ce qu'il dit est vrai. Nous serons ensemble.

— Ensemble, répété-je.

— Et tu sais ce que ça veut dire, hein ?

— Quoi ?

Je pousse un grognement, et il poursuit :

— Tu vas devoir m'aider à ranger le salon.

— C'est à Gaufre de nettoyer ! C'est lui qui est responsable de ce désordre.

— Il est trop mignon pour devoir aider.

— Bon, OK.

Je descends du plan de travail et me dirige vers le

séjour. Gaufre a déchiré au moins trois coussins, visiblement.

— Mec. Tu n'aurais pas pu dormir sagement sur le canapé ? lui chuchote Colin.

— Il faut qu'il dorme dans son panier, rappelé-je en désignant la cage ouverte installée dans un coin.

— Mais il se sent seul, là-dedans, geint Colin.

Il prend Gaufre dans ses bras et me lance un vrai regard de chien battu.

— Et on ne voudrait pas qu'il soit triste, n'est-ce pas ?

J'appuie mon poing sur ma hanche et m'efforce de le regarder d'un air intraitable.

— Soit il dort dans son panier, soit je ne dors plus avec toi.

— OK, désolé, mon pote. Je dois m'occuper de ma copine d'abord.

Il presse un baiser sur la tête du chiot et le dépose au sol.

Avant qu'il n'ait pu complètement se redresser, je balance un coussin contre sa poitrine.

— Hé ! C'est pas juste !

Un peu plus de rembourrage s'échappe de la déchirure et se dépose sur le canapé, à la grande joie du chiot.

— Quoi ? Tu ne t'en doutais pas ?

Je le frappe de nouveau.

— OK, c'est parti !

Il attrape un autre oreiller et l'abat sur mon dos quand j'essaie de m'enfuir. L'air est rempli de plumes et de mousse. Gaufre donne des coups de dents dans le vide, essayant en vain d'en attraper des fragments.

Je tente de frapper Colin, mais il se baisse et me donne un coup sur les fesses.

Je ris aux éclats tandis que nous continuons à batailler.

Coup après coup, jusqu'à ce que nos armes ne soient plus que des taies vides. J'ai mal au ventre d'avoir trop ri.

— Je pense qu'on a encore plus mis le bordel que Gaufre, observe Colin, le souffle court.

Le salon est un véritable champ de bataille. Gaufre tente toujours d'attraper les plumes qui volettent dans la pièce avant de se déposer sur la première surface venue.

— C'est de ta faute, déclaré-je en secouant la tête avant de lâcher mon coussin.

— Ah oui ?

— Ton chien, ta faute, expliqué-je avec un hochement sage.

Un éclat malicieux traverse le regard de Colin.

— Dans ce cas…

Il me prend dans ses bras et remonte l'escalier en courant.

— Je mérite une punition.

— Tu as l'air bien trop excité à cette idée.

— L'idée que tu me punisses ? Ah, ça, oui.

Chapitre Vingt-Et-Un

— Comment tu te sens, aujourd'hui ? me demande Alex en frappant ma protection d'épaule tandis que je peine à enfiler mon maillot trop moulant.

— Au top ! m'exclamé-je en lui donnant un coup à mon tour.

Dans le vestiaire, l'énergie est à son comble, comme à chaque fois que l'on joue contre un rival de notre division. Nous sommes en tête, ce qui signifie que l'équipe de Vegas sera à fond.

— J'ai bien l'intention de faire regretter aux gars de Vegas d'être venus jusqu'ici.

— Tout pareil ! s'exclame Knox, appuyé contre mon casier. J'ai hâte d'en plaquer un ou deux. Il est temps de montrer à leur ligne d'attaque comment joue une vraie défense !

— Je sens que ce match va être dingue.

Peyton est dans le public, aujourd'hui. Earl lui a obtenu une place dans sa loge, en remerciement du bon travail qu'elle a accompli avec moi. Nous avons passé beaucoup de temps ensemble ces derniers jours, confortablement installés dans ma maison. Pour le coup, mon interdiction d'être vu en public m'arrange bien, puisque cela nous permet d'avoir plus de temps, rien que tous les deux. Je suis prêt à l'impressionner, cet après-midi. Après sa petite confession à la fin du premier match auquel elle avait assisté, j'ai hâte d'être à nouveau la cause du sourire que j'avais aperçu sur son visage.

Et de passer la nuit enfoui en elle ensuite.

— Oh, oh. Je connais ce regard, commente Knox, ses yeux écarquillés baissés vers moi. Elle est là, ta meuf, aujourd'hui ?

— Oui, je réponds en hochant la tête.

— Dans ce cas, je ferais bien de t'envoyer quelques passes, plaisante Alex. Histoire que tu n'aies pas l'air d'un joueur de seconde zone.

— Aucune chance.

La semaine a été excellente, à l'entraînement et ailleurs. Pas de nouvel article sur mon comportement de queutard, et les coachs étaient très satisfaits de nos tactiques, à Alex et moi. J'ai de grands espoirs pour ce match.

Quelques minutes plus tard, nous sommes appelés sur le terrain et foulons la pelouse sous un tonnerre d'applaudissements.

Avec Vegas en ville, les fans deviennent fous. Les cris et les encouragements sont assourdissants tandis que le drapeau est déroulé sur le terrain pour les hymnes.

Une fois que nous avons fini de chanter, Alex et moi nous dirigeons vers le milieu du terrain pour le tirage au sort. Deux des capitaines de Vegas nous y attendent. Ils sont impassibles, et choisissent pile. La pièce tombe sur face, et nous décidons de laisser commencer la défense.

— Alors, prêts à perdre ? nous demande Hollins, le défenseur star, avec un rictus méprisant.

— Pas aujourd'hui, non.

Je lui tends la main, mais il m'ignore et repart au petit trot vers son côté du terrain. Cela ne devrait pas m'étonner ; leur équipe fait partie des pires en termes d'esprit sportif. Ce qui ne rendra notre victoire que plus douce.

— OK, les gars, on va leur montrer à qui appartient cette ville. Jouez propre, jouez malin, et à nous la victoire ! rugit Knox à la défense tandis que le match commence.

Je bois de l'eau en regardant Knox et notre défense stopper net l'attaque de Vegas avant leur première tentative. La meilleure manière d'ouvrir un match.

L'attaque s'avance sur la pelouse pour son tour, et le public se fait silencieux. Alex commande le stade entier. Il est le chef d'orchestre, et nous nous exécutons selon les mouvements de sa baguette.

— Crochet droit, quarante-deux casse.

Nous frappons tous dans nos mains simultanément et rompons le cercle avant de nous mettre en position.

Mes doigts tremblent d'envie de sentir le ballon, de l'emmener en courant jusqu'au bout du terrain. Notre centre envoie le ballon à Alex et tout le monde se met en mouvement d'un coup. Je remonte le terrain en courant, partant vers l'extérieur tandis qu'une passe en spirale parfaite atterrit pile entre mes mains ouvertes. Hollins me suit de près et me pousse en touche.

Première tentative.

— Je te laisse avoir celle-là, crache Hollins.

— Comme si tu pouvais m'arrêter, répliqué-je en lançant le ballon à l'arbitre.

— Attends un peu pour voir, James. Tu n'es pas aussi bon que tu le penses.

Je me contente de lever les yeux au ciel et pars en courant vers la ligne de départ. Alex n'a aucun mal à traverser la défense de Vegas et se rapproche de la zone d'en-but sans difficulté avant de passer à Winchester, qui marque notre premier *touchdown*.

La foule est en délire quand Jackson débarque sur le terrain et enchaîne avec un coup de pied parfait.

— Excellent départ, les gars. On aura quelques éléments à ajuster pour la prochaine attaque, mais si vous continuez à jouer comme ça, le match sera superbe.

Coach Brooks est toujours positif, peu importe ce qui se passe sur le terrain, mais même si nous avions exécuté une tactique irréprochable, il ne nous laisserait pas nous reposer sur nos lauriers. Les choses changent vite, dans ce jeu, et on n'est jamais trop prudent.

Vegas s'en sort bien, mais notre défense les limite à un *field goal*.

Cependant, plus le match avance, plus la situation se complique. Vegas ne se laisse pas faire, et nous arrête avant qu'on puisse marquer, ce qui n'empêche pas l'agressivité ambiante d'augmenter. Notre ligne d'attaque fait ce qu'elle peut pour soutenir Alex, mais ce n'est pas facile. La mêlée lui est tombée dessus plusieurs fois, le laissant démuni.

Hollins me talonne une nouvelle fois lorsque son équipe interrompt une course de notre côté.

— Je t'avais dit que tu n'irais pas loin, me provoque-t-il.

— Regarde le score, mec, soupiré-je en désignant le tableau, qui affiche 14 pour Denver et 10 pour Las Vegas. C'est nous qui gagnons.

— Plus pour longtemps, James, répond-il avec un sourire mauvais. Surveille bien tes arrières.

— Ta gueule, Hollins !

Il m'a cherché tout l'après-midi. Des petites piques, par-ci par-là. J'en serais presque à me prendre une pénalité pour qu'il me lâche les basques.

Malgré le marquage de Hollins sur moi, Alex est

parvenu à remonter le ballon loin sur le terrain ; le match n'est pas joué. Mais l'horloge tourne, et nous nous alignons pour notre troisième tentative au deuxième quart-temps.

Alex change de tactique, m'indiquant de passer par l'extérieur. Je dépasse Hollins en courant, un grand sourire aux lèvres. Arrivé presque au bout du terrain, je me tourne au moment où le ballon arrive droit vers moi. Je ne remarque pas le joueur adverse qui me fonce dessus, tête baissée, avant qu'il ne soit trop tard. C'est la dernière image que je vois avant de perdre connaissance.

Peyton

Le craquement écœurant de deux casques qui se percutent résonne dans le stade silencieux. Les caméras se détournent de l'incident, mais je suis incapable de quitter des yeux le corps immobile de Colin, en touche.

Mon estomac se soulève tandis que les coachs et l'équipe médicale se précipitent à ses côtés. Sur le terrain, tous les joueurs mettent un genou à terre.

Impuissante, je ne peux qu'assister à la scène. Colin ne bouge pas.

— Est-ce que quelqu'un peut descendre au vestiaire s'assurer de son état ?

Un des représentants de l'équipe, une connaissance d'Earl, hurle dans son téléphone.

— Il nous faut un maximum d'informations au plus vite !

— C'est évident ! Hollins est un tricheur, il a passé le match à attendre son moment !

Autour de moi, les gens crient dans tous les sens, mais je n'entends rien.

Je m'efforce de ne pas penser à combien la situation pourrait être grave. Le football est un sport brutal, je le sais ; cela ne rend pas plus facile pour autant le fait de voir quelqu'un que j'aime s'effondrer ainsi.

On dépose Colin sur un brancard avant de l'emmener hors du terrain. Aucun pouce n'est levé pour signaler qu'il est éveillé, qu'il va bien. J'ai l'impression d'avoir complètement retenu ma respiration depuis le choc. La foule lui manifeste son soutien tandis que l'équipe médicale disparaît dans le tunnel.

L'arbitre ramasse un drapeau et signale la faute :

— Interférence de passe. Défense, numéro vingt-deux. Le ballon sera remis en jeu à l'endroit où a eu lieu la faute. Première tentative accordée automatiquement.

Il se tait un instant, sous les cris du public, avant de reprendre :

— Après un examen plus poussé, il apparaît que le joueur défensif a percuté son adversaire la tête la première. Il sera donc éliminé du match.

Hollins s'en prend à l'arbitre, lui crie au visage. Le niveau sonore bat tous les records tandis qu'il est emmené hors du terrain. La foule hurle et le hue, et il répond par des doigts d'honneur à tour de bras en sortant.

Quelle classe.

— Peyton.

Une main amicale s'abat sur mon épaule et détourne enfin mon attention du terrain.

Je croise le regard chaleureux d'Earl.

— Je voudrais que tu descendes avec le représentant de l'équipe t'assurer de l'état de Colin, poursuit-il.

— D'accord, je réponds doucement.

Je suis incapable de dissimuler mon inquiétude.

— Ce genre de choses arrive. Cela fait partie du jeu.

— Je ne me fais pas moins de souci pour autant.

Les mots m'échappent avant que je puisse les retenir.

— Nous avons à notre disposition les meilleurs médecins. Ils s'occupent de lui. Allez, vas-y, et tiens-moi informé de la situation.

Earl me guide vers le représentant et lui demande de m'accompagner voir Colin. Je marche à sa suite à travers le stade. Les murs des suites de luxe sont recouverts de photos de l'équipe. L'une d'elles attire mon attention : elle représente Colin en train de marquer, et je sens les larmes me monter aux yeux.

Comme je suis accompagnée par un représentant officiel de l'équipe, nous sommes amenés directement jusqu'aux bureaux qui jouxtent les vestiaires. Le chaos y est total, les gens se pressent de tous les côtés.

— Que se passe-t-il ?

— Il part en ambulance. Ils doivent l'emmener à l'hôpital passer des tests.

Oh, mon Dieu. Je ne peux pas rester professionnelle dans cette situation. Je n'ai qu'une envie : sauter dans ma voiture et foncer jusqu'à l'hôpital.

Cela n'est jamais arrivé, quand nous étions à la fac. Colin a pris quelques coups, bien sûr, mais jamais rien d'aussi grave. Par la suite non plus ; malgré mes efforts pour le nier au début, j'ai suivi avec attention toute sa carrière dans la NFL. Difficile de faire autrement quand on aime le sport autant que moi.

— Vous êtes prête ? me demande le représentant en se tournant vers moi.

— Pour ?

Mon cerveau est incapable de donner du sens à ce qui se passe autour de nous.

— Aller à l'hôpital. J'ai dit à Earl que je garderai un œil sur vous, et il nous faut des nouvelles.

— Oh. Bien sûr.

Heureusement qu'Earl est là.

***

COLIN

C'EST normal que tout soit flou ? Waouh, pourquoi les lumières brillent-elles autant ?

Et ce bruit, c'est quoi ? Il ne peut pas s'arrêter ?

J'ai l'impression que quelqu'un joue des percussions à l'intérieur de mon crâne.

Des murmures attirent mon attention, mais j'ai trop mal pour essayer de comprendre. Peut-être que je devrais me contenter de retourner dormir.

Seulement, mon nez capte un effluve familier.

Peyton ?

Je tente d'ouvrir les yeux, mais la douleur est trop grande.

Je me laisse emporter.

***

— IL VA RESTER comme ça combien de temps ?

— Difficile à dire, avec les blessures à la tête.

Cette fois-ci, quand j'émerge, le monde me paraît moins flou. Toujours un peu trouble, mais c'est mieux qu'avant. Les lumières au plafond, par contre, sont toujours trop intenses pour moi.

— Quand est-ce qu'on en saura plus ?

Je connais cette femme. Sa présence m'apporte un

confort diffus, même si je ne sais toujours pas ce qui m'arrive ni où je me trouve.

— Une fois qu'il sera autorisé à sortir, il devra quand même revenir consulter les médecins de l'équipe. Il sera hors jeu pendant au moins quelques semaines.

Quelques semaines ? Mais qu'est-ce qui se passe, putain ?

— Savez-vous si quelqu'un peut veiller sur lui pendant sa convalescence ? Nous ne pouvons pas le laisser sortir autrement.

— Je m'occuperai de lui.

Je cligne des yeux dans un effort pour éclaircir ma vision. La pièce se fait plus nette, vaguement : c'est encore confus, mais je distingue deux personnes debout près de ce que je constate désormais être un lit d'hôpital.

Je ne suis pas certain qu'elles se rendent compte que mes yeux sont ouverts, mais l'une d'elles se précipite à mon chevet, alors j'imagine que c'est le cas.

— Colin ! Dieu merci, tu es réveillé.

Je laisse aller ma tête contre la douce main qui est pressée contre mon visage. Cela me fait du bien. Me réconforte.

— Colin. Comment vous sentez-vous ?

Je ne reconnais pas cette personne-là.

— Mal.

Ma bouche est sèche comme du papier de verre. On me glisse une paille entre les lèvres, et j'avale le peu d'eau qu'on m'accorde.

— Que s'est-il passé ?

Cette fois-ci, mes mots sont plus distincts. On dirait un peu plus ma voix.

— Tu ne t'en souviens pas ? C'est normal ?

La voix de Peyton est remplie de peur.

— Tout à fait. La plupart des patients qui souffrent de

concussions ne se souviennent pas des vingt-quatre heures qui précèdent la blessure. Avec le coup qu'il a subi, il ne se souvient probablement plus du match.

Une concussion ?

— Mon Dieu, Colin…

Je décale ma tête, cherchant Peyton dans ce monde flou, mais la pièce se met immédiatement à tourner.

— Merde, marmonné-je.

— Vous risquez de ne pas être très en forme pour les jours à venir, monsieur James. Nous allons vous garder ici quelque temps, avant de vous confier à la charge de madame Thompson.

— Merci.

Le lit s'affaisse près de moi, et deux mains chaudes serrent les miennes. Je ferme les yeux, me laissant aller au sentiment agréable qui prend le relais.

— J'ai eu si peur, murmure Peyton en traçant du bout des doigts les lignes de mes paumes. C'est la première fois que je te vois prendre un tel coup, depuis toutes ces années.

— Que s'est-il passé ?

— Tu veux vraiment le savoir ?

J'entrouvre un œil pour la regarder. Maintenant qu'elle est plus près, je peux me concentrer sur elle sans avoir besoin de trop d'effort.

— Mince, c'était si horrible que ça ?

Elle hoche la tête, et, cette fois, je remarque les larmes qui coulent sur ses joues.

— C'était Hollins. Il t'a percuté exprès. Il a été expulsé du match.

— Tant mieux. C'est ce qu'il mérite, cet enfoiré.

Elle laisse échapper un petit rire à la limite du sanglot.

— Ravie de constater que tu es fidèle à toi-même.

— Tu espérais que ma perte de mémoire serait accompagnée d'une nouvelle personnalité ?

— Le coup n'était pas violent à ce point, non plus.

Elle serre mes mains dans les siennes. Le simple fait d'être entouré de sa chaleur suffit à me plonger à nouveau dans le sommeil.

— Mon Dieu, je n'ai jamais été aussi épuisé.

Je ferme les yeux, incapable de rester conscient plus longtemps.

— Le docteur a dit que tu devais te reposer.

Je marmonne un assentiment.

— Tu seras encore là quand je me réveillerai ?

—Je ne bouge pas d'ici, promis.

Chapitre Vingt-Deux

COLIN

Ma tête me tue. Je ne sais pas si je me suis déjà senti aussi mal ; je ressens la douleur jusque dans des endroits où je ne pensais même pas que c'était possible. Je ne me souviens pas du coup, mais après ce que m'en a dit Peyton, j'estime que c'est plutôt mieux ainsi.

Peyton est restée silencieuse sur le trajet, à se mordiller la lèvre en me lançant des coups d'œil inquiets à la moindre occasion. Je distingue presque les vagues d'anxiété qui s'échappent d'elle lorsqu'elle m'aide à descendre de la voiture.

— Détends-toi, Rocky.

Elle referme la portière et tourne vers moi son regard féroce.

— Je commencerai à me détendre quand tu pourras te débrouiller sans ma surveillance constante.

Le léger tremblement de sa voix m'indique que cela risque de ne pas être pour tout de suite. Ses yeux se baissent, pour cacher les émotions que je sais qu'elle ressent.

— Regarde-moi, ordonné-je en relevant son menton de

l'index. Le docteur ne m'aurait pas laissé sortir si je n'allais pas me rétablir rapidement. Après une concussion, je n'ai pas le droit de reprendre l'entraînement avant d'être complètement sur pied. Je te promets que tout ira bien.

Je l'embrasse doucement, espérant lui transmettre par ce baiser tout ce que je ressens.

Il n'y a rien de passionné dans ce geste, mais l'instant est l'un des plus intimes que nous ayons partagés. Je ne sais pas comment j'ai pu survivre aussi longtemps sans ses baisers. Pour la première fois depuis des années, j'ai l'impression de pouvoir respirer pleinement. Comme si elle m'avait insufflé une nouvelle vie.

— Allez, rentrons.

Cette fois, quand elle me regarde, ses lèvres sont relevées en un doux sourire.

Elle passe son bras autour de ma taille pour me soutenir et me guide à l'intérieur. Mais au lieu de découvrir Gaufre à la porte, à nous attendre avec toute sa joie et son affection, nous découvrons un homme dur et autoritaire.

— Papa. Que fais-tu ici ?

Il faudrait vraiment que je pense à le faire enlever de la liste des invités autorisés.

Il ajuste les manchettes de sa chemise.

— N'ai-je pas le droit de rendre visite à mon fils à sa sortie de l'hôpital ?

Je laisse échapper un petit rire moqueur à ses mots.

— Qui as-tu appelé pour savoir la date exacte à laquelle je sortais ?

— Toutes les chaînes d'info en parlent. Visiblement, les médias sont le seul moyen pour moi désormais de suivre ton état.

— Je vais très bien, comme tu peux le constater.

Près de moi, Peyton se tend.

— Et qui est donc cette jeune femme que tu as engagée

pour prendre soin de toi ? demande-t-il d'un air méprisant en toisant Peyton. Je ne doute pas que vous ayez déboursé une belle somme pour jouer les infirmières auprès de lui, mais nous n'avons plus besoin de vos services, merci.

— Oh, putain, marmonné-je.

C'est bien la dernière chose dont j'ai besoin. La tension dans mon crâne est telle que j'ai l'impression qu'il va exploser.

— Papa. Tu te souviens de Peyton, n'est-ce pas ?

Son visage est traversé d'une expression étrange, et je sais qu'il la reconnaît. Sa mâchoire se serre brièvement, et ses yeux se plissent.

— Mademoiselle Thompson. Bien sûr.

— Bonjour, monsieur James.

Peyton est polie, mais sa voix est de glace.

— Je peux prendre le relais, poursuit mon père. Vous pouvez nous laisser.

— Papa.

— Visiblement, tu n'es pas en état de réfléchir, je pourrais donc m'occuper de tout à ta place.

Bon Dieu.

— Papa, je n'ai pas besoin de toi. Peyton gère très bien la situation.

— Je peux partir, si tu préfères, me dit-elle.

Elle commence à se dégager, mais je l'attire à moi.

— Non, répliqué-je avant de tourner les yeux vers mon père. J'ai besoin de la présence de Peyton. Pas de la tienne. Je t'enverrai un message si jamais ça change, mais d'ici là, tu peux y aller.

Il s'avance vers moi d'un air menaçant.

— Réfléchis bien à ce que tu me dis, fiston.

Je me pince le haut du nez dans un effort pour calmer la douleur qui fait rage dans mon crâne.

— Papa. Va-t'en.

Je n'hésite pas. Plus vite il sera parti, plus vite je pourrai m'allonger. Ces quelques jours à l'hôpital étaient terriblement frustrants. Je n'étais jamais bien installé, et le personnel médical n'arrêtait pas de venir s'assurer que tout allait bien. Je comprends tout à fait que c'était nécessaire, mais ça ne m'a pas aidé à me reposer.

Avec un dernier regard noir, mon père sort de la maison en claquant la porte derrière lui.

— J'avais oublié à quel point il était charmant, commente Peyton en se dégageant.

Je me dirige vers le canapé et m'y laisse tomber.

— Putain, qu'est-ce que ma maison m'a manqué.

— Tu as besoin de quelque chose ?

Sa voix me paraît distante.

De toi, ai-je envie de répondre. *De toi et de rien d'autre.*

Mais je me contente de me laisser entraîner par le sommeil.

JE SUIS RÉVEILLÉ par des mots chuchotés. Tout est encore flou, mais la douleur de mon crâne s'est calmée. Enfin, en partie.

Les concussions, ça craint.

— Allez, Gaufre, viens. On sort.

Le son des coussinets de chiot sur le parquet me fait sourire. Avant, ma maison était vide. Si Peyton n'avait pas été là, ç'aurait été mon père. Et le calme aurait été rempli de regards désapprobateurs.

Je suis ravi d'être interdit d'écrans pour l'instant ; je n'ai aucune envie de lire tous les messages qu'il m'a sans aucun doute envoyés. Certainement pour me dire que j'aurais pu mieux me protéger du choc.

Je me redresse avec difficulté et sors dans le jardin. La vision de Peyton me met du baume au cœur.

— Oui, c'est un bon petit chien, ça, hein ? roucoule-t-elle, assise en tailleur par terre, tandis que Gaufre couvre son visage de coups de langue.

Je la regarde lui lancer une balle. Il n'est pas encore très doué pour aller la chercher, puisqu'il s'arrête pour renifler tout ce qu'il croise.

— Salut.

Peyton tourne brusquement la tête dans ma direction, ses cheveux bruns brillant sous l'éclat du soleil de cette fin d'après-midi.

— Salut ! Comment tu te sens ?

Je traverse le jardin et viens m'asseoir près d'elle.

— Mieux que tout à l'heure. La sieste m'a fait du bien. Et… au cas où je ne l'ai pas encore dit : merci.

— Pour ?

Je dépose un baiser sur son épaule.

— D'être ici. Je ne sais pas comment j'aurais survécu si mon père s'était occupé de moi.

— On dirait que votre relation n'a pas beaucoup progressé.

Je secoue la tête en arrachant quelques brins d'herbe.

— Il est toujours amer de n'avoir pas réussi sa carrière dans le football. On n'a pas tous la chance d'avoir des parents aussi incroyables que les tiens.

Elle me sourit et prend ma main.

— Tu leur manques beaucoup. Tu sais que mon père t'aime, peu importe que tu joues au football ou non.

La famille de Peyton m'a toujours adoré. Peut-être que si mon propre père avait été moins obsédé par le football, notre relation aurait pu être plus agréable. En l'état actuel des choses, elle est tendue dans ses meilleurs jours ; rien à voir avec la relation qu'entretient Peyton avec ses propres parents. J'en ai toujours été jaloux.

Gaufre bondit à travers le jardin, courant jusqu'à moi pour se laisser tomber sur mes genoux, me distrayant efficacement de mes pensées sombres.

— Salut, mon petit pote. Tu m'as manqué.

Il me donne de grands coups de langue.

— Il ne t'a pas dérangé ? je poursuis à l'intention de Peyton.

— Tes ronflements m'ont bien plus perturbée que lui, répond-elle en riant. J'avais oublié à quel point ils étaient bruyants.

J'enfouis mon visage dans la douce fourrure de Gaufre.

— Je crois qu'elle nous confond, lui confié-je en chuchotant. Je ne ronfle absolument pas.

— Si ça te fait plaisir de le croire, Colin, dit Peyton en souriant.

— Ah oui, c'est comme ça que tu veux le jouer ?

Elle hausse une épaule, indifférente.

— Je ne dis que la vérité.

Je la repousse dans l'herbe et chatouille ses côtes. Elle pousse des cris suraigus qui envoient Gaufre courir vers l'autre bout du jardin.

— Retire tes paroles.

Son corps souple ondule sous le mien. J'ai à peine bougé, je suis seulement penché au-dessus d'elle, et pourtant le mouvement suffit à me rappeler des activités moins innocentes que nous pourrions entreprendre. Sauf que je n'en ai pas le droit.

— Je ne peux pas revenir sur mes mots alors qu'ils sont vrais !

Elle glousse de joie, par terre près de moi.

Mon Dieu, j'avais oublié à quel point elle était belle

comme ça. Je ne sais pas si c'était parce que mon cerveau est encore un peu dans les vapes, cela dit.

Peyton rend ma douleur moins aiguë : c'est comme si sa seule présence guérissait des parties de moi que j'avais délaissées pendant toutes ces années où nous étions séparés. Mes doigts atteignent son collier et tracent le contour de ces lettres que je connais si bien.

— Tu ne me quittes pas ?

Elle passe ses doigts dans mes cheveux.

— Pas jusqu'au week-end prochain, en tout cas.

— Que se passe-t-il, le week-end prochain ?

— Je pars en randonnée. J'ai quelques jours de vacances, alors je vais camper dans la montagne.

— Toute seule ? m'exclamé-je en me redressant pour la regarder. Ce n'est pas très prudent.

Elle s'assied et attire ma tête sur ses genoux.

— Je ne crains rien. J'ai un téléphone à connexion satellite, je reste sur les chemins les plus empruntés et je passe la nuit dans des campings.

Je lève les yeux au ciel.

— Oui, enfin, tu es en pleine forêt. Il y a des limites à ta sécurité, quand même.

— Oh, tu es inquiet pour moi ?

Elle me caresse le visage dans un geste apaisant.

— Quand tu fais quelque chose de stupide, oui.

Son doigt descend jusqu'à ma bouche, sur ma mâchoire, avant de revenir à mon front.

— Et ça m'arrive souvent ?

— Non, je l'admets. Mais tout de même, je n'aime pas ça.

— Viens avec moi, alors.

— Je peux ? m'exclamé-je, enthousiaste.

— Tu peux prendre Gaufre avec toi, aussi. Je suis sûre qu'il adorerait.

— Merde, il se fait castrer le week-end prochain. Je le laisse à Nicole, puisque j'étais censé être à Dallas pour le match.

— On pourra prévoir une autre sortie pour nous trois plus tard, dans ce cas.

Plus tard, à l'avenir. J'aime faire des projets avec cette femme.

— Ce serait parfait.

— Alors, prépare ton sac de couchage, parce qu'on dort sous la tente.

Mince. Je ne sais pas si j'ai bien anticipé le coup.

Chapitre Vingt-Trois

— Tu es toujours sûr que tu veux m'accompagner ?

Colin vient de hisser son dernier sac à l'arrière de mon camping-car de location.

— Je vais bien, je t'assure.

Deux semaines se sont écoulées depuis sa concussion, pendant lesquelles je l'ai à peine quitté. Je suis inquiète à l'idée qu'il lui arrive quelque chose si je m'éloigne trop. Il me répète constamment que je n'ai pas besoin de rôder autour de lui à chaque instant, mais je m'en fiche.

— Je ne voudrais pas que cela soit trop de stimulation pour ton cerveau, c'est tout.

— Ce n'est pas ça qui devrait t'inquiéter, murmure-t-il en se glissant derrière moi pour coller ses lèvres contre mon cou.

— Tu as le droit d'entreprendre ce genre d'activité ?

Ses mains chaudes descendent jusqu'à ma taille, puis sous l'élastique de mon legging.

— Le docteur m'a donné son feu vert.

— J'aurais dû lui demander confirmation, commenté-je en m'appuyant contre son torse.

— Tu ne me crois pas ?

Son souffle frôle mon oreille et ma peau se couvre de chair de poule.

— Je préfère être trop prudente, c'est normal.

Je pousse un soupir. Maintenant que je m'autorise à ressentir ces émotions envers Colin, je ne peux m'empêcher de vouloir veiller à son bien-être.

— Hmm.

Il pose ses lèvres sur la veine qui bat dans mon cou.

— Je te promets que je vais bien, poursuit-il. Sur ce, allons-y. Il est temps de profiter de ce rare week-end de liberté pendant la saison.

— Quelles douces paroles, approuvé-je avec un sourire.

— Oh, le football ne t'intéresse plus ? plaisante Colin en me donnant une tape sur les fesses tandis que je monte dans le camping-car.

— Je t'en prie, répliqué-je en levant les yeux au ciel alors qu'il s'assied près de moi. Je suis heureuse que tu m'accompagnes dans mon lieu préféré, c'est tout.

— Je n'aurais jamais pensé que tu pratiquais le camping de luxe, remarque-t-il en jetant un coup d'œil à l'arrière.

Le camping-car comporte une petite kitchenette et un lit ; beaucoup plus confortable que de dormir à même le sol, finalement.

— Même si j'avoue que je suis ravi de pouvoir dormir dans un vrai lit plutôt que dans un sac de couchage par terre, reprend-il.

— J'ai découvert ces camping-cars en dernière année de licence. C'est plus facile de partir quand on veut, comme ça.

Colin se tourne vers moi.

— C'est ce que tu comptes faire ? Partir ?

Le trafic n'est pas très fluide, en cette fin de matinée,

même s'il pourrait être encore plus encombré. C'est un des rares aspects de la ville qui me plaisent moins.

— Après ton départ, en deuxième année, j'ai passé l'été à voyager vers l'ouest, à me poser dans tous les parcs nationaux qui venaient.

Je sens qu'il me regarde, mais je ne tourne pas les yeux. Je ne lui jette pas même un coup d'œil.

— Tu n'es pas restée à Knoxville ?

Lorsque je m'arrête à un feu rouge, je le regarde enfin. Il est perplexe, je le vois à son visage.

— Impossible. Tout me rappelait ton absence.

— Qu'est-ce qu'on a raté, Peyton ? me demande-t-il.

Je me suis posé cette question des centaines de fois. Peut-être que les choses sont devenues trop intenses, trop vite. Peut-être qu'il n'a pas été là quand j'ai eu le plus besoin de lui. Peut-être que je l'ai laissé partir trop facilement.

Mais il ne sert à rien de s'accrocher au passé. Pas si nous voulons construire notre avenir ensemble.

— N'en parlons pas ce week-end, d'accord ?

— Oui, d'accord.

Sa voix est étouffée. Je redémarre. Au loin, les montagnes se dressent à notre rencontre. J'espère que la distance qui existe encore entre nous n'atteindra pas la leur.

— J'AVAIS OUBLIÉ à quel point j'aimais la randonnée.

— Ah oui ? Qu'est-ce qui t'y fait penser ?

Je jette un coup d'œil par-dessus mon épaule. Malgré les verres foncés de ses lunettes de soleil, je sais exactement ce qu'il regarde.

— Colin ! Un peu de tenue.

Il hausse les épaules et se rapproche de moi.

— Quoi ? Je ne peux pas m'empêcher d'admirer ton cul. Il est toujours aussi parfait.

J'éclate de rire. Après ce moment de gêne dans le camping-car, ce matin, nous avons retrouvé une aisance dans nos échanges qui m'est plus familière. C'est cette facilité entre nous qui m'avait attirée vers lui, à l'origine.

— Certaines choses ne changent pas, j'imagine.

— Tu n'aimerais pas que je change trop.

L'instant suivant, je suis soulevée du sol et me retrouve à fixer les fesses de Colin.

— Colin ? Qu'est-ce que tu fais ?! m'écrié-je alors qu'il se met à courir le long du sentier.

— Il faut bien que je te fasse des surprises de temps en temps !

Il me dépose au bord du chemin, dans un recoin où nous sommes cachés par les trembles parés de feuilles jaunes.

— Et pourquoi penses-tu que j'ai besoin qu'on me surprenne ?

J'enroule mes bras autour de son cou. Les feuilles bruissent sous le souffle du vent. Les yeux pleins de feu de Colin glissent sur mon corps.

— Parce que tu as besoin de quelqu'un qui ne soit pas toujours d'accord avec toi. Ta vie n'en sera que plus excitante.

Son doigt trace le contour de mon décolleté en V. Ma peau, déjà rougie par l'effort de la marche, s'enflamme.

— J'aime…

Il s'interrompt.

— Tu aimes ?

— J'aime constater que je provoque encore cette réaction en toi. Après tout ce temps.

Ses doigts se posent sur la fermeture de mon t-shirt de

sport et la tirent vers le bas, exposant ma brassière. Mes tétons durcissent sous le tissu.

— Qu'est-ce que tu fais ? Ce n'est ni le lieu ni le moment…

Aucune conviction dans ma voix. Colin pourrait me jeter en plein milieu du chemin et je serais incapable de faire autrement que d'accepter tout ce qu'il voudrait me donner.

— Tu es sûre ? murmure-t-il en pressant ses lèvres au coin de ma bouche. Nous n'avons vu personne depuis des kilomètres.

— On ne peut pas…

Colin interrompt mes protestations d'un baiser brûlant. Mon corps entier se consume contre le sien.

Sa langue caresse la mienne et le geste envoie des battements de chaleur jusqu'au plus profond de moi, entre mes cuisses tremblantes. Mon corps déjà réchauffé par le soleil est prêt à exploser si Colin ne se dépêche pas de poser ses mains sur ma peau nue.

Je passe ma jambe sur sa hanche et l'attire plus près de moi.

— Tu ne voulais pas faire ça il y a quelques instants, dit Colin en riant.

Je repousse ses lunettes de soleil jusqu'au sommet de sa tête.

— Tu peux te dépêcher ? Je ne voudrais pas qu'on nous attrape. Ce ne serait certainement pas un bon coup de pub.

Le sourire arrogant qu'il m'adresse est caractéristique. J'en ressens les effets dans tout mon corps.

— Attends de voir, Rocky. Attends de voir.

Il ne me donne pas plus d'avertissements avant de décaler ma jambe de son corps pour baisser mon legging.

Le vent frais contre ma peau brûlante n'aide en rien à calmer le désir bouillonnant que je ressens pour lui.

— Tu crois que tu arriveras à rester silencieuse, Peyton ?

Ses lèvres descendent dans mon cou, et il mordille ma clavicule.

— Oui, je réponds dans un murmure.

Il plonge un doigt en moi, et je me couvre la bouche de la main pour étouffer mes gémissements. De ma main libre, je cherche l'érection que je sens sous son jean et la palpe à travers le tissu épais.

— Putain, ce que j'aime quand tu me touches, gronde-t-il à voix basse en remontant lentement sa langue dans mon cou. Son pouce se pose sur mon clitoris et y frotte des cercles légers.

— Moins que moi.

Je sens l'écorce de l'arbre contre lequel je m'appuie dans mon dos. Chaque mouvement du doigt de Colin me rapproche de l'extase.

Mais je tiens à ce qu'il m'y accompagne.

Je plonge ma main dans son pantalon et y trouve son membre, dur et déjà recouvert de liquide.

— Ça ne va pas prendre longtemps. J'en rêve depuis deux semaines.

Colin se déplace, dévorant ma peau enflammée du regard. Il repousse le tissu de ma brassière et prend mon sein en main.

Je suis presque à bout. J'appuie sur son gland pour l'inciter à me rejoindre.

— Embrasse-moi, lui murmuré-je.

Nos souffles se mélangent tandis que nous jouissons ensemble. Du liquide chaud recouvre ma main alors que Colin m'embrasse jusqu'à ce que les tremblements de mon propre orgasme diminuent. Il tire ma lèvre entre ses dents, prolongeant le plaisir qui prend vie dans mes veines.

— Mon Dieu, c'était bon.

Il recule et remet son jogging en place. Il ajuste ensuite mes vêtements, en embrassant chaque carré de peau ensuite caché à sa vue.

— Je suis bien d'accord.

Je ferme les yeux, appuyée contre l'arbre, le corps vidé d'énergie tandis que Colin extrait une lingette de son sac à dos et m'essuie la main avec délicatesse.

Il dépose un baiser dans mon cou, et je me redresse.

— On continue ? demande-t-il.

Je hoche la tête et me serre à son côté pour retourner sur le chemin. Il rit doucement.

— Qu'est-ce qu'il y a ?

— Et tu te demandais pourquoi j'aimais la randonnée…

Chapitre Vingt-Quatre

COLIN

— Gaufre me manque.

— Ton chien, ou le dessert ? plaisante Peyton avec un sourire espiègle.

— Arrête, je suis sérieux. Il adorerait faire du camping. Mon pauvre petit, qui se fait couper les boules.

Je grimace rien qu'en y pensant.

— Tout va bien se passer. Il est avec Nicole, c'est-à-dire entre de bonnes mains, en attendant ton retour.

— J'ai pris l'habitude de l'avoir près de moi.

Peyton se détend dans mes bras. Le camping est étonnamment vide. Il faisait encore beau il y a une heure, mais des nuages sombres sont apparus depuis.

— Je te promets qu'on reviendra une autre fois avec lui.

— J'aime ce genre de promesses.

Je dépose un baiser sur ses cheveux. Cela fait des années que je ne me suis pas représenté un avenir avec elle.

Vu la manière dont s'est terminée notre première relation, je n'en ai plus jamais même considéré la possibilité. J'ai passé mes premières semaines à Denver dans un état second. Je me suis consacré intégralement à mes entraînements de hors-saison ; tout valait mieux que de rester seul avec mes pensées. Je ferais mieux de laisser le passé tranquille, mais j'en suis incapable. Je sais qu'il me hantera toujours.

— Que s'est-il passé entre nous, Peyton ?

Son corps se tend.

— Est-ce que c'est vraiment le moment d'en parler ?

— Tu ne crois pas que c'est une étape nécessaire avant qu'on puisse tourner la page ?

— Regarde-toi, à te comporter comme un grand garçon.

J'étouffe un rire.

— Il fallait bien que ça m'arrive.

Elle soupire, mais ne répond rien. Une brise froide traverse le camping. On ne voit plus les montagnes, au loin ; elles sont cachées par les nuages.

— Pourquoi m'as-tu quitté ? demandé-je doucement.

Elle se décale pour me regarder, ses yeux perçants.

— C'est toi qui m'as quittée. Pourquoi n'arrêtes-tu pas de rejeter la faute sur moi ? Un jour, tu étais à l'école, et le lendemain tu partais pour Denver. Ton départ m'a détruite.

— Je suis parti parce que tu m'avais repoussé !

— Comment ça ?

Elle se redresse, les mains sur les hanches. Elle est en colère, ça se voit. Le vent fouette ses cheveux.

— Tu ne te souviens pas de la lettre que tu m'as écrite ?

Si je pensais qu'elle était énervée jusqu'ici, ce n'est rien à côté de son état actuel. Son adorable tempérament soupe au lait refait surface.

— La lettre que *tu* m'as écrite, tu veux dire ? Celle dans laquelle tu me disais que les choses étaient devenues trop intenses entre nous après qu'on a cru que j'étais enceinte, et qu'il fallait que tu te concentres sur le football, d'où ta décision de partir à Denver ?

C'est quoi, ce bordel ?

— Tu te fous de moi ? C'est toi qui m'as dit que les choses étaient trop intenses et que je devrais partir en sélection pour que tu puisses te concentrer sur ton diplôme. Tu pensais que je me serais cassé après être resté à tes côtés pour te réconforter quand ce préservatif s'est déchiré ? Tu me prenais vraiment pour un tel connard ?

— Nous étions encore des gamins, Colin ! crie Peyton. Aucun de nous n'était prêt à s'occuper d'un bébé. Et heureusement que le test s'est avéré négatif, vu que tu n'avais aucune intention de rester !

— Aucune intention de rester ? répété-je, incrédule. Pas quand tu m'avais dit de dégager, non !

La première goutte de pluie tombe sur mon front, mais je l'ignore.

— Je peux réciter cette lettre en long, en large et en travers, Peyton ! J'ai été ravagé que tu me dises que tu n'avais plus besoin de moi. Que tu ne supportais pas l'intensité de notre relation, que tu ne voulais plus être avec moi.

— Je n'ai jamais fait une chose pareille ! Pourquoi n'aurais-je pas voulu que tu restes à mes côtés à travers cette épreuve ? J'étais une vraie épave tout l'été. Je ne pouvais pas supporter d'être dans des endroits qui me rappelaient notre relation, donc j'ai dû partir. J'ai même failli changer d'université, et je l'aurais fait si mes parents ne m'en avaient pas empêchée. Qu'est-ce qui laisse penser que je voulais que tu partes, dans tout ça ?

— Tu n'as vraiment pas écrit cette lettre ?

J'inspire profondément, me sentant soudain plus calme. Peyton est défaite, les épaules basses.

— Non, Colin. Je n'avais aucune envie que tu me quittes.

Je fais un pas vers elle sous la pluie qui s'est faite plus violente. Ses boucles brunes sont collées à son visage.

— Dans ce cas, qui voulait nous séparer ?

— Personne ne te vient à l'esprit, tu es sûr ?

Sa voix est amère.

— Il ne ferait jamais ça.

— Et pourtant, tu as immédiatement compris où je voulais en venir.

J'essuie la pluie qui me coule dans les yeux.

— Ce n'est pas parce que mon père n'approuve pas notre relation qu'il essayerait activement de nous séparer.

— Il m'a regardée comme si j'étais la merde collée sous sa chaussure, quand il m'a croisée l'autre jour. C'est pour ça que je ne voulais pas aborder le sujet.

Elle se retourne, mais j'attrape son bras.

— Ne t'en va pas, Peyton. Pas cette fois.

Le feu que je distingue dans ses yeux m'avait manqué. Putain, c'était une des choses que je préférais, chez elle.

— Je n'étais pas partie la dernière fois non plus.

C'est tout. C'est tout ce qu'il me faut pour écraser mes lèvres contre les siennes. Je recouvre son hoquet de surprise en fondant nos corps ensemble. La chaleur de sa bouche me réchauffe de l'intérieur, un bouclier contre la pluie glacée.

La tension est telle que l'air autour de nous pourrait s'enflammer spontanément. Chaque caresse de ma langue contre la sienne durcit un peu plus mon sexe derrière ma braguette.

Je ne veux qu'elle. Peyton. Je n'ai jamais voulu qu'elle. Même lorsque je savais que c'était impossible.

Notre baiser se fait moins frénétique, sans perdre en intensité, tandis que je la plaque contre le côté du camping-car. Le grondement du tonnerre au loin me pousse à reculer.

— On devrait peut-être rentrer ?

Le regard de Peyton est flou, ses lèvres gonflées par mes baisers. Avec la pluie qui tombe de ses cils, elle est la femme la plus sexy que j'aie jamais vue.

J'ouvre la portière et l'entraîne à ma suite, remerciant intérieurement le ciel pour la taille du camping-car. Le corps de Peyton est parcouru d'un frisson.

— Laisse-moi te réchauffer.

Je l'attire à moi. Son t-shirt à boutons colle à ses courbes. Je retire le tissu trempé de son torse, et sa peau se couvre de chair de poule une fois à l'air frais. Je repousse une mèche de cheveux derrière son oreille et penche la tête pour lécher les gouttes d'eau sur son visage.

Son corps vacille contre le mien.

— Colin.

L'éclat de son collier reflète la lumière. *Rocky*.

—J'adore te voir avec ça.

Je lui ai donné ce surnom à cause de son amour pour les montagnes. Il m'a échappé lors de notre premier rendez-vous, et je ne l'ai jamais plus appelée autrement par la suite. Ce collier n'avait pas dû me coûter plus de vingt dollars, mais elle l'avait adoré.

Comme j'adore le voir autour de son cou, aujourd'hui encore.

—Je n'ai jamais cessé de t'aimer.

— Mon Dieu, moi non plus.

Ses lèvres se plaquent sur les miennes à nouveau, cherchant et trouvant ce qu'elle désire dans ce baiser. Je la laisse faire. J'essaie de lui montrer ce que je ressens à travers mon baiser, à travers mes caresses.

Ma bouche trace un chemin brûlant le long de son

corps, léchant, suçant la peau exposée. Peyton glisse ses mains dans mes cheveux et me guide plus bas.

L'odeur de son savon à la vanille emplit mes narines. J'avais oublié son goût si délicieux. Je tombe à genoux, délace ses bottes et les jette derrière moi.

— Tu es si sexy comme ça, prête pour moi.

Je mordille sa hanche et passe mon doigt sous l'élastique de son legging pour le laisser claquer contre sa peau. Son léger hoquet m'indique qu'elle aime ça. Je tire le pantalon moulant le long de ses jambes et le laisse former un tas à ses pieds. Je dépose des baisers tout le long de sa jambe, remontant jusqu'à pouvoir mordiller la peau sensible à l'intérieur de sa cuisse.

— Monte sur le lit, lui ordonné-je avec un nouveau baiser juste au-dessus de l'élastique de sa culotte.

Elle se débarrasse de son legging d'un coup de pied et se retourne pour me regarder une fois qu'elle arrive à sa destination.

— Qu'est-ce que tu attends ?

Elle a le souffle court ; je retire immédiatement tous mes vêtements, ne gardant que mon caleçon, et traverse l'espace pour la rejoindre. Chaque centimètre qui nous sépare est un centimètre de trop. Je ne veux plus jamais me retrouver loin d'elle.

Je l'attire jusqu'au bord du lit pour pouvoir contempler la femme si sexy qui me fait face.

La courbe de ses seins.

Ses lèvres gonflées.

Sa main, qui se glisse discrètement sous le tissu qui recouvre son sexe.

— Tss, tss, pas de ça ! je la préviens en attrapant son poignet pour lécher le bout de ses doigts. C'est à moi de m'en occuper.

— Dépêche-toi, alors. Je te veux.

Je te veux. Mes nouveaux mots préférés de toute la langue française.

Je lèche lentement ses doigts pour y goûter la preuve de son désir pour moi. Je pousse un grognement ; ma queue est si dure que j'en ai mal. Je pourrais me contenter de jouir le plus vite possible, mais c'est hors de question : je veux prolonger son plaisir. Je veux sentir la moindre goutte de son désir.

Je couvre sa jambe de baisers, juste en dessous de l'endroit où je sais qu'elle aimerait que je me trouve. Je couvre son sexe de mon souffle et elle se tord sous moi.

— Colin !

— Patience, Rocky, patience.

Je lèche le haut de ses cuisses. J'ai toujours adoré la faire attendre. Vu sa réaction, elle déteste ça ; et pourtant, je n'ai aucune intention d'arrêter.

— Colin, tu me tues !

Je jette un coup d'œil à son visage et la vois se tirer les cheveux de frustration sexuelle.

— Où est-ce que tu me veux ?

Je baisse la tête jusqu'à son sexe et lèche le tissu.

— Ici ? commencé-je.

Je remonte le long de son corps et prends en bouche son téton à travers le tissu de son soutien-gorge.

— Ou ici ? je poursuis.

— Oui ! s'écrie-t-elle d'une voix suraiguë.

— Oui à quoi ?

Je recule et caresse le renflement croissant de mon caleçon.

— Oui à tout. Je veux tout. Je veux te sentir partout.

Je recouvre mon corps du sien et expose à l'air libre son sein gauche et son téton durci.

— Va pour partout.

Je prends mon temps. Je mordille et lèche ce bourgeon

de mon mieux. Je roule l'autre entre mon pouce et mon index.

— Tu aimais tellement ça, avant. Tu crois que tu pourrais jouir même si je ne faisais que jouer avec tes seins ?

— Tu sais parfaitement que oui.

Elle penche la tête d'un air de défi.

Que je relève avec plaisir.

Je me redresse sur mes coudes et trace un chemin humide de baisers à travers la vallée de sa poitrine jusqu'à son autre sein. Je le saisis entre mes dents et tire.

— Oui, oui, continue, vas-y, oui !

Mon sourire est plein de malice. Je sais qu'elle n'est plus très loin de l'orgasme ; je le sens aux mouvements de son corps sous le mien.

Je n'interromps pas mes efforts, laissant une de mes mains se promener jusqu'à son ventre pour la maintenir en place. La pluie martèle le toit du camping-car, mais ne suffit pas à recouvrir les gémissements de Peyton.

Ma queue me fait mal. Je ne désire rien de plus que d'être en elle, là, tout de suite, mais je veux qu'elle jouisse d'abord. Moi, je peux attendre. C'est Peyton le plus important.

Je trace des cercles de ma langue autour de son téton, une caresse langoureuse qui finit par la pousser jusqu'à l'orgasme.

— Mon Dieu, oui !

Ses doigts trouvent mes cheveux et maintiennent ma tête en place tandis qu'elle profite de son plaisir. Mes yeux se posent sur son visage rempli d'extase.

— Je me répète, mais putain, ce que tu es belle quand tu jouis.

— J'aime quand tu me fais jouir comme ça.

Je remonte le long de son corps, sa bouche comme un aimant quand je viens lui donner un baiser vorace.

Elle est complètement détendue, et j'échange nos positions.

— Tu crois que tu peux recommencer ?

Peyton est entourée d'une aura de satisfaction. Ses cheveux tombent en rideau autour de nous. C'est comme si nous étions les deux seules personnes restantes sur Terre. Ses doigts tracent un chemin le long de mes abdos, et ma queue se redresse un peu plus à chaque centimètre qu'ils parcourent.

— Je devrais y arriver, oui.

Elle enroule sa main autour de mon sexe et mon dos se cambre presque jusqu'à craquer. J'ai l'impression que ça fait des années qu'elle ne m'a pas touché, alors que ça ne fait que quelques heures. Je ne me lasserai jamais de la sentir sur moi. Maintenant que j'y ai droit à nouveau, il est hors de question que j'y renonce.

— Putain, que c'est bon.

— C'est bien ça que tu voulais que je fasse, n'est-ce pas ?

Ses yeux brillent d'une lueur espiègle.

— Tu ferais mieux de te dépêcher, parce que je ne vais pas tenir longtemps.

Elle se redresse pour s'asseoir à califourchon sur moi. Son poing me serre fort, mais ses caresses sont légères.

— J'aime te voir aussi nerveux.

Je prends de grandes inspirations pour me retenir de jouir immédiatement. Je refuse d'atteindre mon orgasme ailleurs qu'en elle, sa chaleur autour de moi tandis qu'elle me chevauche.

— Allez, Rocky. Je veux te sentir jouir sur ma queue.

Mes mains se posent sur ses hanches, et la pressent de se dépêcher. Elle comprend mon intention et attrape un préservatif sur la table de chevet pour en recouvrir mon membre dur. Ensuite, elle se redresse et se laisse lentement tomber sur moi, et il me faut toute ma volonté pour ne pas me plier en deux à la sensation.

— Tu es incroyable, comme ça.

La peau rougie par son orgasme récent, Peyton bouge ses hanches sur moi.

— Tu es incroyable en moi, réplique-t-elle.

Chacun de ses gestes m'approche un peu plus de l'extase. Bon Dieu, ce que c'est bon.

— Putain, Rocky, j'y suis presque.

Je devrais être embarrassé de ma rapidité, mais ce n'est pas le cas. Pas avec elle. Ses mouvements se font plus frénétiques, et je sais qu'elle ressent la même chose que moi.

Elle baisse la main pour passer ses doigts sur son clitoris, et je comprends que c'en est fini de moi. Dès l'instant où je la sens se contracter, j'explose en elle.

— Putain ! laissé-je échapper dans un grognement.

Le tonnerre gronde dehors tandis que nous jouissons ensemble. Peyton reste au-dessus de moi, consumée par son orgasme. Sa tête est rejetée en arrière sous l'effet du plaisir qui la traverse.

Elle se laisse enfin retomber contre moi, nos peaux couvertes de sueur l'une contre l'autre.

— Comment se fait-il que chaque fois soit encore meilleure que la précédente ?

Son souffle caresse mon torse, et je traîne un doigt paresseux le long de son dos.

— Entre nous, ç'a toujours été le cas.

Elle plaque une main contre ma poitrine et tourne la tête pour me regarder.

— C'est vrai.

Nous restons silencieux. Dehors, l'orage se calme alors que nous attendons, ensemble dans le lit, comme s'il n'était que le résultat de la tension qui grandissait entre nous. La personne qui a tenté de nous éloigner l'un de l'autre il y a toutes ces années, quelle qu'elle soit, ne sera plus un problème. Je refuse de laisser ces stupides lettres nous séparer.

— Tu promets que rien ne nous séparera plus jamais ?

Les mots de Peyton font écho à mes propres pensées. Elle les prononce d'une voix si basse que je peine à les entendre.

— Plus jamais.

Pas tant que je serai là, je le jure.

Maintenant que je l'ai retrouvée, il est hors de question que je la laisse partir.

Chapitre Vingt-Cinq

— **P**eyton. Tu viens au dîner de Thanksgiving ? me demande Tammy, dont la tête est apparue au-dessus de la cloison.

— C'est prévu, oui.

— Bien. Tu rentres chez toi pour les fêtes ?

— Non, je réponds en secouant la tête. Mes parents vont rendre visite à mon frère et sa famille, alors je reste à Denver. Je me réjouis déjà de ces quelques jours de repos.

Tammy me sourit.

— Tu fais un excellent travail. Earl est très impressionné.

— Merci, Tammy. Je me plais beaucoup, ici.

— Allez, continue comme ça. On se voit tout à l'heure.

J'ai du mal à m'arrêter de sourire. Plusieurs semaines se sont écoulées depuis la concussion de Colin ; nous ne nous sommes quasiment pas quittés depuis. Et voici qu'aujourd'hui, il devrait pouvoir être autorisé à jouer à nouveau.

L'équipe médicale de l'équipe ne plaisante pas avec le protocole concussion.

Avant que je puisse me perdre complètement dans mes pensées, Earl apparaît au-dessus de la petite cloison qui entoure mon bureau.

— Peyton, tu aurais une minute ?

— Bien sûr, je réponds en souriant.

Je le suis en inspirant profondément pour calmer la boule de stress que je sens se former dans mon ventre.

— Assieds-toi, je t'en prie, dit Earl en fermant la porte derrière nous.

— Tout va bien, j'espère ?

J'infuse ma voix de plus de force que je n'en ressens. Rien de tel qu'un entretien impromptu avec le grand patron pour donner l'impression qu'on va se faire virer.

Earl m'adresse un sourire chaleureux qui m'aide à me détendre.

— Tammy n'arrête pas de chanter tes louanges, me rassure-t-il.

Je soupire de soulagement.

— C'est vrai ?

— Tout à fait. Et Suzanne, la directrice du département de communication de l'équipe, est incroyablement satisfaite des progrès de Colin.

— Il a travaillé dur.

Malgré son départ peu prometteur, il faut bien le dire. Heureusement que les choses ont vite évolué : qui sait où nous en serions, tous les deux, sans cela.

Earl laisse échapper un petit rire.

— C'est souvent difficile si les gens n'ont pas *envie* de changer. L'absence de Colin dans les tabloïdes a été très bénéfique à la réputation de l'équipe.

— J'espère qu'il ne reviendra plus à ce mode de vie.

— Je tenais à te féliciter pour ton travail. Si tu continues comme ça, il y a de grandes chances que nous te proposions un poste directement après ton diplôme.

— Ce serait super.

Et pourtant, j'ai soudain le ventre serré d'angoisse. La vérité, c'est que je suis en train de briser la seule règle que m'a jamais imposée Earl, la règle absolue : je couche avec mon client.

— Je te laisse retourner à tes activités, reprend Earl. Je voulais seulement t'informer de ma satisfaction.

Je me lève, un sourire factice plaqué sur mon visage.

— Merci, Earl. J'en suis vraiment ravie.

Je serre la main qu'il me tend avant de sortir précipitamment de son bureau.

Perdue dans mes pensées, je ne remarque pas que quelqu'un arrive en face avant de me cogner contre un corps musclé. Un corps que je connais intimement.

— Salut, Rocky.

Son sourire éclatant ne fait qu'empirer mon état.

— Que se passe-t-il ? s'inquiète Colin d'une voix plus basse dès qu'il voit mon visage.

Il m'attrape par le bras et m'attire à sa suite dans une salle de conférence vide.

— Earl vient de me féliciter pour le travail que j'avais accompli avec toi.

J'aimerais pouvoir tendre la main jusqu'à le toucher. Qu'il me calme comme lui seul sait le faire.

— Et c'est si grave que ça ?

Il relève mon menton pour que je croise son regard.

Je recule d'un pas. J'ai du mal à respirer quand il est si proche. Chaque fois, je me laisse envahir par son odeur boisée aux notes de lavande.

— Nous ne sommes pas censés être ensemble, Colin. Les conséquences seraient dramatiques, pour toi comme pour moi.

— Qu'est-ce que tu veux dire, Peyton ?

La peur qui empreint sa voix ne m'échappe pas.

Je n'aurais jamais rêvé avoir une deuxième chance avec lui. La possibilité ne m'avait jamais effleurée. Mais maintenant qu'il est à nouveau à moi, il m'est de plus en plus difficile de garder notre relation secrète. Colin passe sa vie sous le feu des projecteurs. Quelqu'un finira par découvrir le pot aux roses ; ce n'est qu'une question de temps.

— J'ai peur que notre relation ne dure pas. Et puis si je perdais mon travail ?

Colin jette un regard autour de nous avant de m'entraîner un peu plus loin dans la pièce. Personne ne peut nous voir à travers les vitres en verre dépoli.

— Nous faisons très attention, Peyton. Ce n'est pas comme si nous sortions en boîte tous les soirs.

— Mais si quelqu'un nous voyait ?

— Qui ?

Je me blottis contre Colin, cherchant son soutien.

— C'est seulement que je ne veux pas laisser quoi que ce soit se dresser entre nous… Alors qu'on dirait que le monde entier cherche à nous séparer.

Ses mains chaudes se glissent dans mes cheveux. Il me murmure à l'oreille :

— Tu crois que je te lâcherais aussi facilement, alors que je viens à peine de te récupérer ?

— Mais…

— Pas de mais, Peyton.

Je laisse tomber mon front contre sa poitrine. Les battements de son cœur sont tranquilles, contrairement aux miens, qui frappent à toute vitesse.

— Quelle inversion des rôles !

— Comment ça ?

Colin joue avec les petits cheveux de ma nuque du bout des doigts. Le geste me détend ; je dois résister à l'envie de pousser un grognement de satisfaction.

— Avant, c'était toujours à moi de te calmer. Et nous

voilà, maintenant. Je n'aurais jamais pensé que cela pour-rait arriver un jour.

— C'est ce qu'on appelle grandir, non ? dit-il avec un rire qui participe à m'apaiser encore.

Je me dégage pour plonger mon regard dans ces yeux bleus que j'aime tant.

— Et il ne t'aura fallu que vingt-six ans pour en arriver là ! Je suis fière de toi.

— Chacun son rythme, Rocky.

Je jette un regard alentour pour m'assurer que nous sommes toujours seuls, et me dresse sur la pointe des pieds pour déposer un baiser rapide sur ses lèvres. Au fond de moi, je sais que c'est une mauvaise idée, mais pour cette fois, mon besoin de réconfort prend le dessus.

— Ça va aller ? me demande Colin en embrassant mon front.

J'expire longuement avant de répondre d'une voix que j'espère rassurante :

— Je pense que j'avais seulement besoin de t'entendre me dire que tout irait bien.

— Je te le répéterai autant de fois que nécessaire.

Cette fois, je lui vole un baiser plus long, et laisse ses lèvres me convaincre.

— On devrait y aller, avant que tes collègues ne s'in-quiètent, murmure Colin.

Pourtant, il ne fait pas un geste.

— Tu as raison.

— Tu viens toujours chez moi, ce soir ?

— Oui, je réponds en hochant la tête. Je viendrai après le dîner de Thanksgiving. Tu as rendez-vous avec le médecin de l'équipe, n'est-ce pas ?

Il m'adresse un sourire serein.

— Je devrais être autorisé à jouer dimanche, normalement.

Et c'est tout ce qu'il me faut pour être à nouveau nerveuse.

— Combien de fois m'as-tu vu jouer, Peyton ? demande Colin.

Il recule pour s'appuyer contre la table. Cette fois, la distance me fait du bien.

— Plus que je ne saurais compter.

Il hoche la tête.

— Et tu sais comment marche le protocole concussion. Tout va bien se passer.

— Ce qui ne signifie pas que je pourrais arrêter de m'inquiéter comme par magie.

Il me tend la main, et je m'approche de lui. Ses paumes sont rugueuses après toutes ces années passées à jouer au football. Son regard se pose brièvement sur la porte avant de revenir à moi.

— Je ferai toujours mon possible pour ne pas me blesser sur le terrain. Je sais que ce n'est pas une promesse que je suis réellement certain de pouvoir tenir, mais je te jure que je ferai de mon mieux. Alors, essaie de ne pas trop t'inquiéter, d'accord ?

— D'accord.

— Bien, conclut-il avec un sourire malicieux. Dans ce cas, on va pouvoir sortir d'ici et faire semblant qu'on ne va pas passer le week-end à se voir nus.

Chapitre Vingt-Six

COLIN

— Alors, on est pour qui, aujourd'hui ? me demande Peyton en s'installant près de moi dans le canapé.

Gaufre est blottit de mon autre côté. Au lieu d'opter pour un grand dîner de Thanksgiving, nous avons décidé de faire le plein de cochonneries. Comme à la fac.

— Détroit. S'ils gagnent, on sera dans une meilleure position pour le match contre San Francisco, ce week-end.

— Est-ce que tu as hâte de retourner sur le terrain ?

Elle lance une chips dans sa bouche, et je hoche la tête.

— Je suis si impatient, putain. Je déteste devoir rester sur la touche pendant que les gars jouent.

Je n'ai jamais été aussi heureux de voir notre médecin qu'hier soir. Être privé de jeu pendant ces quelques semaines n'a pas été facile pour moi.

— Tu seras là, hein ?

Peyton sourit en réponse et se cale contre mon épaule tandis qu'à la télévision, les joueurs entrent sur le terrain.

— Hors de question que je rate ça.

Je suis incapable de rester de marbre : j'enfouis mon visage dans son cou et le recouvre de baisers.

— Mon Dieu, je t'aime. Tu le sais ?

Elle hausse les épaules.

— Je m'en doute, oui. Mais je ne me lasserai jamais de t'entendre le dire.

Je me recule pour attraper son visage dans mes mains.

— Je t'aime.

C'est la première fois que je prononce ces mots depuis que cette drôle de relation a repris entre nous. Mais j'ai passé chaque seconde des années que nous avons passées loin l'un de l'autre à l'aimer, et mon amour n'a fait que grandir depuis que je l'ai retrouvée.

Le sifflet retentit dans mes enceintes, nous signalant le début du match.

— Je t'aime, moi aussi, Colin. Nous nous sommes retrouvés d'une manière pour le moins étonnante, mais j'en suis tellement heureuse !

La télévision en arrière-plan, nous alternons entre baisers et dîner. Gaufre finit par se retirer jusqu'à son panier, dans mon bureau, lassé du match. J'adore mon chien, mais on ne peut pas dire qu'il soit très fan de football.

— Le *quarterback* va passer au *running back*, commente Peyton entre deux chips.

Je manque de recracher ma bière.

— Absolument pas. Il va le garder, c'est sûr.

Elle secoue la tête.

— Vu comment ils sont partis ? En plus, le *quarterback* de Détroit finit toujours pas passer.

J'attrape la télécommande et mets le match sur pause.

— Tu veux parier ?

Peyton se décale, croisant les jambes sous son corps.

— Qu'as-tu en tête ?

Je la regarde, et un sourire sournois se dessine lentement sur mon visage. Nous n'avons pas vraiment fait d'effort de tenue ni l'un ni l'autre. Jogging et t-shirt, rien de très chic : après tout, nous ne sommes que tous les deux.

— Chaque fois que je devine l'action, tu enlèves un vêtement. Chaque fois que c'est toi qui as raison, j'en retire un.

Elle secoue la tête de nouveau.

— Hors de question. Tu serais nu en trente secondes, ce ne serait pas drôle.

— Aïe. Tu crois donc que je suis si mauvais que ça au sport qui est toute ma carrière ?

Elle m'adresse un sourire arrogant. Ce que j'aime son côté compétitif, putain.

— Non, je suis juste vraiment très forte.

— OK, d'accord. Et si ça vaut seulement pour les actions qui mènent à des points ?

— Ça me va, répond-elle en me tendant la main.

— Prépare-toi à devoir enlever ton t-shirt.

J'appuie à nouveau sur la télécommande et le match reprend. Nous observons attentivement l'action : la défense s'occupe du *linebacker* adverse, ce qui libère la voie au *quarterback*, qui passe le ballon comme Peyton l'avait prédit.

Merde.

— Oui ! Je te l'avais dit ! Allez, dans ta face, James ! s'écrie Peyton en se dressant sur ses genoux pour célébrer sa victoire. OK, donne-moi ton pantalon.

Elle agite son cul devant moi. Je lui donne une tape et me lève.

— Je n'arrive pas à croire que j'ai perdu.

Je retire mon jogging et le lance au visage de Peyton. Elle éclate de rire, et je sens mon corps se réchauffer de l'intérieur.

— Tu fais trop attention à la défense, pas assez à l'attaque. Et le *quarterback* de Détroit a du mal à garder le ballon sur la durée.

Putain, cela m'excite tellement quand elle me parle de football comme ça.

J'ajuste ma position en me rasseyant. L'équipe de Détroit est dans la zone rouge, à quelques dizaines de mètres de l'en-but.

— OK, et là, alors ? demandé-je à Peyton en pressant « pause » à nouveau.

Elle se lève et s'avance jusqu'à la télévision, où elle se penche pour observer la ligne.

— Hé ! C'est de la triche, de s'approcher comme ça ! je me plains.

— Quoi ? Il faut bien que je prenne tous les paramètres en compte.

— Je vais remettre. Vas-y, donne ton pari.

Je ne veux pas lui accorder d'avantages. Elle sait déjà bien assez ce qu'elle dit.

— Bon, d'accord. Par l'extérieur au receveur pour un *touchdown*.

— Passe au *running back*, contré-je en relançant le match.

Le *quarterback* passe directement à son *running back*, et la ligne d'attaque retient la défense adverse tandis qu'il traverse le terrain et pénètre dans la zone d'en-but sans difficulté.

— Ouais ! m'exclamé-je en levant le poing. Allez, hop, enlève ton t-shirt.

Peyton râle mais s'exécute, passant son haut par-dessus sa tête. Ses tétons sont durcis sous son soutien-gorge, son jogging est bas sur ses hanches.

— Alors, qu'est-ce que ça fait, de perdre ?

Elle croise les bras et me fusille du regard.

— Je n'ai pas encore perdu !

— Pas encore, non.

Le match se poursuit, à l'écran et dans mon salon. Peyton gagne une manche, et moi la suivante ; nos habits tombent les uns après les autres. Nous nous sommes levés du canapé pour nous poster devant la télé. On doit avoir l'air de vrais fous furieux, là, en sous-vêtements, poitrine contre poitrine. À chaque frôlement de ses tétons contre mon torse, ma queue durcit un peu plus sous mon caleçon.

— Dernière action avant la mi-temps. Donne ton pari.

Je baisse les yeux vers elle. La tension est à son comble. Je vois à son regard qu'elle n'a aucune intention de perdre.

— Passe longue jusqu'à l'en-but et Détroit égalise.

J'examine l'écran, la position des joueurs.

— L'équipe de Philadelphia va les arrêter.

Elle secoue la tête.

— Ce serait trop simple.

— Et pourtant, c'est ce qui va se passer.

Peyton hausse un sourcil et se tourne vers la télévision, les bras croisés. Ses seins reposent parfaitement sur le dessus de ses avant-bras. Je me poste derrière elle pour qu'elle sente mon érection.

Je pose mes mains sur ses hanches et la plaque contre moi tandis que l'action reprend à l'écran. Le *quarterback* fait une percée vers l'avant, mais un *linebacker* l'attend de pied ferme.

— Tu sais ce que ça signifie.

— Je n'en reviens pas d'avoir perdu, grogne Peyton.

— Hmm, oui, c'est tout simplement affreux, approuvé-je en déposant des baisers sur son cou et son épaule. Bien, il est temps de se débarrasser de ceci.

Je glisse mes mains dans sa culotte et la repousse sur ses jambes. Peyton se tient droite, immobile.

— Tu n'es pas très coopérative, remarqué-je en descendant mes baisers le long de sa colonne vertébrale, sur les bosses de ses os.

— Peut-être qu'il faudrait que tu t'appliques un peu plus, alors, réplique-t-elle en agitant les hanches.

— Tu crois que c'est ça ?

Je mordille la chair tendre de son cul. Elle gémit, et je sais qu'elle aime ça.

— Ça te plaît ? demandé-je en répétant mon geste sur l'autre fesse.

— Non.

— Tu veux vraiment jouer à ça ?

Je me relève et me presse contre son corps.

Elle ne répond pas. Je remonte mes doigts le long de ses côtes jusqu'à venir frôler le dessous de ses somptueux seins.

— Peut-être que ça ne m'a pas plu, tout simplement.

— Et pourtant, quelque chose me dit que c'était bien le cas.

Ses tétons durcissent quand je les caresse de mes paumes calleuses. Elle se mord la lèvre, essaie de résister.

Je tire un de ces bourgeons durs comme le diamant, le roule entre mes doigts, et un gémissement bruyant finit enfin par franchir la barrière de ses lèvres.

— Alors comme ça, tu n'aimes pas ?

Je retire ma main, mais elle lève aussitôt la sienne pour me maintenir en place.

— Je déteste, dit-elle dans un soupir.

Je descends mes mains pour la retourner dans mes bras et plaquer mes lèvres sur les siennes dans un baiser passionné, une sensation dont je ne me lasse pas. Peyton ne se laisse pas faire, et se bat pour prendre le contrôle.

Je sais qu'elle enrage d'avoir perdu, je le sens à sa manière de caresser ma langue de la sienne. Je lui laisse ce moment ; j'ai bien l'intention de la rendre folle ce soir, avant de m'estimer satisfait.

— Tu n'es pas une très bonne perdante, tu sais, murmuré-je une fois que je suis capable d'arracher mes lèvres aux siennes.

— Et toi, tu fais un gagnant très arrogant.

Peyton glisse ses mains sur ma poitrine et commence à jouer avec l'élastique de mon caleçon. Mon érection était déjà bien présente jusque-là, mais désormais, je suis plus dur que le roc.

Malgré cela, mes pensées se tournent dans une autre direction. Je me laisse tomber à genoux et inspire profondément la douce odeur qui provient d'entre ses jambes.

— Avec une récompense pareille ?

Je place sa jambe sur mon épaule et l'ouvre à moi pour passer ma langue entre ses replis humides, savourant son goût.

— Tu m'étonnes, que je sois arrogant.

— Putain, que c'est bon, gémit Peyton en rejetant sa tête en arrière.

Ses mains se posent dans mes cheveux et me maintiennent en place. Ma langue continue ses mouvements, et j'ajoute deux doigts que j'enfonce en elle.

— Mon Dieu, Colin, continue !

Elle presse sa jambe pour m'attirer contre elle.

Je ne ralentis pas. Je veux qu'elle ait au moins un premier orgasme avant de jouir avec ma queue en elle. Je ne me suis jamais considéré comme possessif envers un orgasme auparavant, mais avec elle ? J'en veux le plus possible ; je les veux tous. Je veux être le seul à jamais lui procurer ce genre de plaisir. Le seul à la voir dans cet état.

Je suce son clitoris et ses cris m'indiquent qu'elle va jouir. J'enroule ma main autour de sa taille pour la maintenir sur mon visage, qu'elle chevauche avec abandon. Je sens déjà mon caleçon devenir humide sous l'effet que me fait cette femme.

Une fois son plaisir retombé, je me relève et lèche le bout de mes doigts. Peyton, les yeux fous de désir, observe mon moindre geste.

— Toujours déçue d'avoir perdu ? murmuré-je avant de déposer un chaste baiser sur ses lèvres.

Je ne m'éloigne pas, et laisse ses gémissements brûlants caresser ma bouche.

— Je ne vois pas vraiment en quoi je suis perdante, dans cette situation, finit-elle par répondre, toujours plaquée contre mon torse, en reculant sa tête pour me dévisager.

Je la dévore du regard. Ses tétons durcis, sa poitrine rougie, sa bouche gonflée par mes baisers.

— C'est vrai. Mais il faut encore que je réclame le prix qui m'est dû.

— Et quel est-il ?

Peyton caresse mon torse et baisse mon caleçon, qui tombe autour de mes chevilles.

— Je veux te pénétrer.

Elle passe sa main sur mon sexe, légèrement.

— Ah oui ?

Une étincelle de malice traverse son regard avant qu'elle se laisse tomber à genoux et entoure ma queue douloureuse de sa bouche.

— Putain, ce n'est pas exactement ce que j'avais en tête.

Quoi qu'il en soit, je n'ai pas le temps de m'en préoccuper. Sentir les lèvres de Peyton autour de moi suffit à m'envoyer au septième ciel. Je pense qu'on pourrait m'interdire toute autre forme d'acte sexuel, et je m'en ficherais.

Enfin, peut-être pas complètement.

Plus ses mouvements sont rapides, plus j'approche de l'extase. Mais je refuse de jouir dans sa gorge.

— Arrête.

Je la repousse avec un peu plus de force que nécessaire. Peyton a l'air très fière d'elle, mais avant qu'elle n'ait le temps de comprendre ce qui se passe, je l'ai traînée jusqu'au canapé et me suis assis.

— Tu exiges ton prix, c'est ça ?

— Oui. Je veux que tu me chevauches.

Elle s'installe à califourchon sur mes cuisses et prend en main ma queue humide.

— Préservatif ? demande-t-elle.

Je secoue la tête.

— Mes tests sont tous négatifs. Si ça te va, ça me va.

Peyton sourit.

— Ça me va.

Elle se laisse glisser sur moi, et je manque d'exploser immédiatement.

La sensation de sa chaleur si serrée autour de moi est phénoménale. Je glisse mon index sur sa poitrine, sous son sein, autour de son téton. Elle pousse un gémissement.

— Mon Dieu, pourquoi est-ce que c'est si bon ?

J'enfonce ma main dans ses cheveux et baisse son regard vers le mien.

— Parce que c'est toi et moi, Rocky. Et que rien n'a jamais été meilleur.

J'amène ses lèvres jusqu'aux miennes et garde ce point d'attache entre nous tandis qu'elle commence à bouger. Je m'enfonce plus profondément en elle à chaque ondulation de ses hanches, et nous arrivons tous les deux à l'orgasme bien plus rapidement que prévu.

— Jouis pour moi, Peyton. Encore.

— J'y suis presque.

Nos souffles se mêlent. Je sens Peyton se resserrer autour de moi ; je plonge à mon tour dans le gouffre de plaisir où elle m'attend et me déverse en elle.

— Putain, dis-je dans un long grognement, serrant

Peyton contre moi tandis que nous tremblons sous le coup de nos orgasmes respectifs. Comment ça se fait que chaque fois soit encore meilleure que la précédente ? murmuré-je ensuite à son oreille.

Sa peau est couverte de sueur.

— Je ne sais pas. Mais c'est vrai, mon Dieu, c'est de mieux en mieux.

J'embrasse son cou.

— Je vais prendre ça comme un compliment.

— Je savais que ça te monterait à la tête.

Je nous retourne pour que Peyton se retrouve sur le canapé, sous moi.

— C'est comme ça, écoute. J'adore savoir que je te procure autant de plaisir.

Elle caresse mon visage du bout des doigts, trace le contour de mes lèvres.

— Je ne devrais pas dire ça ou ça risque d'ajouter encore à ton ego, mais tu es le seul à m'en avoir jamais procuré autant.

Je combats mon envie de répondre par « évidemment », ce qui prouverait que son instinct était justifié. Par contre, je suis d'accord avec elle. Cela fait partie des raisons pour lesquelles je n'arrêtais pas de me trouver de nouvelles femmes.

— Tu es la seule à m'avoir jamais fait cet effet, toi aussi.

— Il faut toujours que tu gagnes, hein ?

— Si c'est ainsi que ça se termine, j'y tiens absolument.

Chapitre Vingt-Sept

COLIN

—Tu es prêt à retourner sur le terrain ? me demande Coach en s'approchant de mon casier.

Cela m'avait manqué, d'être ici, entouré de mes amis. Il n'y a rien de tel que l'énergie qui règne dans les vestiaires un jour de match.

— Je suis plus que prêt.

Six semaines. J'ai passé six longues semaines chez moi, à regarder mon équipe jouer sur un écran. Les Lions ne voulaient pas me voir sur le banc de touche. Autant dire que je brûle d'impatience.

— Je t'envoie sur le terrain, mais je ne garantis pas que je te laisserai jouer jusqu'au bout.

— Coach…

Il m'interrompt.

— Ne discute pas. Je sais que tu t'es entraîné dur et que tu as été autorisé à revenir, mais je préférerais quand même t'éviter les coups inutiles.

Je grommelle en passant mes gants d'une main à l'autre.

— C'est compris ? insiste-t-il avec un regard qui m'indique que c'est ça ou ne pas jouer du tout.

— Compris.

Dès qu'il s'est éloigné, mes amis m'entourent.

— J'ai hâte de jouer à nouveau à tes côtés, déclare Alex en me prenant dans ses bras. Tu nous as manqué.

— J'ai battu mon record en muscu, et j'en ai à peine profité, sans toi, admet Logan en riant.

— On va bien s'amuser, la prochaine fois qu'on devra affronter Vegas, lance Knox.

L'éclat dans ses yeux ne laisse pas de doute quant à son intention de sortir leur joueur du terrain, de préférence le nez en sang.

— Putain, ce que je suis heureux d'être de retour !

Je leur frappe l'épaule à tous.

— Et ta tête, ça va ? me demande Alex en l'attrapant avant de m'examiner comme s'il pouvait distinguer sur mon visage les effets de ma concussion.

— Respire, je réponds en écartant ses bras. J'étais entre de bonnes mains, ces dernières semaines.

Bien sûr, c'était nul de ne pas pouvoir jouer, de ne pas voir mes amis, mais je me suis tout de même rapproché de Peyton pendant cette période. Je sais qu'elle hésite encore, qu'elle craint les conséquences de notre relation, mais moi, je ne veux qu'elle. Elle, et le football.

— Dans ce cas, qu'est-ce que vous dites de sortir le grand jeu et de rendre fiers nos fans ?

— C'est parti !

Je les suis hors du vestiaire et nous attendons ensemble dans le tunnel qui mène au terrain.

— Tu sors en dernier, Colin. Le public tient à t'accueillir comme il se doit, me précise Coach en s'avançant sur la pelouse.

— À vos ordres, Coach !

Je trépigne d'impatience. Un par un, les joueurs de l'attaque sont appelés sur le terrain. La tension monte.

C'est au tour d'Alex, et je reste là, attendant mon signal, quand le commentateur m'invite à pénétrer dans le stade en folie :

— Très chers fans de Denver, levez-vous ! Faites du bruit pour saluer le retour de notre receveur, le numéro quatre-vingt-sept, du Tennessee… COLIN JAMES !

Je ne me suis jamais senti aussi exalté que lorsque j'arrive sur le terrain après avoir franchi l'écran de fumée des machines. Les fans scandent mon nom, et je leur adresse des signes de la main. Nos pom-pom girls sautent dans tous les sens sur la ligne de touche, et je rejoins les autres, rassemblés.

Entendre mon nom, annoncé par le commentateur à la foule en délire ?

C'est un vrai bonheur.

— Allez, les gars ! On va gagner ! crié-je à mon équipe.

Nous nous dirigeons vers le bord du terrain pour le rituel qui précède le match. Mes yeux dérivent vers la loge où je sais que Peyton se tient. Je l'ai prise en photo vêtue de mon maillot avant de partir pour le stade.

Mon numéro ne m'a jamais paru aussi parfait.

Alex revient après avoir gagné le tirage au sort et récupéré le ballon. Je suis prêt à me lancer, à montrer à mes fans que je suis au top de ma forme.

Et c'est exactement ce qui se produit.

Nous remportons le match 38 à 20.

Chapitre Vingt-Huit

COLIN

— Vous avez tous compris les règles ? demande Peyton en balayant le groupe du regard.

— Laissez-moi récapituler, intervient une rousse, dans le groupe d'Alex. Nous sommes censés courir partout comme des fous à la recherche de certains endroits spécifiques de Denver qu'il faut deviner à base d'indices, y trouver une personne qui nous indiquera le suivant, et la première équipe arrivée à la brasserie gagne ?

Je connais suffisamment bien Peyton pour reconnaître l'expression qui signifie sans le moindre doute « ben oui », brièvement apparue sur son visage.

— Exactement ! Chaque groupe doit travailler en équipe. Et aussi, interdiction de se déplacer autrement qu'à pied ou en vélo.

Il fait étonnamment chaud pour une journée de début décembre. Lorsque Peyton a organisé cette chasse au trésor caritative au profit d'une association que soutient l'équipe, j'avoue que j'étais sceptique. Je ne voyais pas en quoi cela m'aiderait à rétablir mon image… jusqu'à ce qu'elle m'explique qu'elle s'était arrangée pour qu'un journal local fasse un article sur l'événement.

Earl en avait presque les larmes aux yeux.

Et ce n'était pas le seul.

— Colin, avant que le jeu commence, est-ce que je pourrais vous poser quelques questions ?

Kelsie, une journaliste du coin, est censée suivre notre groupe. J'ai réussi à convaincre Peyton de m'accompagner plutôt que de nous attendre à l'arrivée.

— Bien sûr, je réponds avec mon sourire spécial presse.

— On a beaucoup parlé de vos apparitions en public, ces dernières semaines.

Je maintiens mon sourire soigneusement.

— Ah oui ? Et qu'en a-t-on dit ?

Elle me sourit en retour. Ses dents sont beaucoup trop blanches ; impossible que ce soit naturel.

— Personne ne vous a vu, à part lors de tous ces événements caritatifs, c'est cela qui étonne. Peut-on savoir à quoi est dû ce soudain changement ?

Je baisse la tête pour cacher le sourire idiot qui menace. Pour moi, la réponse est évidente : c'est Peyton, tout simplement. Je me racle la gorge avant de revenir à Kelsie :

— J'ai pris conscience de ce qui était important pour moi, et j'ai décidé de changer en conséquence. Je ne suis plus le gamin que j'étais lorsque je suis arrivé à Denver, et je voudrais montrer à l'équipe quelles sont mes priorités, pour moi-même et dans la vie en général : aider les autres, jouer au football, être un bon coéquipier.

— Les fans sont ravis. Tout le monde se demande si vous êtes toujours célibataire, poursuit Kelsie avec un regard plein d'espoir.

Je hausse un sourcil.

— Vous êtes sûre que ce sont les fans qui demandent, Kelsie, et pas vous ?

Peyton interrompt notre conversation.

— Merci beaucoup, Kelsie, mais ça suffira pour l'instant. Il va falloir qu'on s'y mette.

— Oh, oui, bien sûr.

Elle a l'air déçue, mais je suis reconnaissant à Peyton de son intervention.

— Comment as-tu su que j'avais besoin d'aide ? lui chuchoté-je en gardant le regard fixé sur notre groupe.

— J'ai deviné.

— Tu as deviné ? Ou tu étais juste jalouse que je parle avec une autre femme ?

Je cogne doucement son épaule de la mienne.

— Contrairement à une croyance populaire, toutes les femmes ne sont pas jalouses dès que leur homme en regarde une autre. Je ne voulais pas qu'elle commence à te poser des questions qui ne te présenteraient pas sous ton meilleur jour dans son article.

— Mince alors, Rocky. Tu es douée.

Elle se retourne et se dirige à reculons vers le reste du groupe.

— Et oui, que veux-tu ? C'est pour ça qu'Earl me donne tous ses meilleurs projets.

Sa remarque me touche en plein cœur. C'est grâce à Earl que nous nous sommes retrouvés, mais c'est aussi lui qui nous empêche d'être ensemble. Je n'aimerais rien de plus que de la serrer dans mes bras, que de lui tenir la main pendant cette absurde chasse au trésor, mais je ne peux pas.

Et si jamais elle obtenait un poste dans son agence ? Je ne sais pas comment nous pourrions nous en sortir. C'est déjà difficile alors qu'elle n'est qu'une stagiaire bénévole, sans autre récompense que les crédits suffisants pour valider son diplôme. Alors, si elle était employée à plein temps ? Il nous serait impossible d'être ensemble.

Je suis envahi d'une sensation de malaise.

— Tu es prête à te lancer ? demandé-je à Peyton.

Elle me jette un coup d'œil inquiet. Je sais qu'elle a senti mon changement d'état d'esprit. Une boule de tension naît à la base de ma nuque. Mince, je n'ai vraiment pas besoin d'une migraine en plus. Et puis ce n'est pas comme si on pouvait y faire quoi que ce soit, à l'instant.

Elle hoche la tête et appelle les autres équipes.

— OK, est-ce que tout le monde est prêt ?

Des exclamations positives et des cris d'encouragement retentissent autour de nous.

— Alors, c'est parti ! crie Peyton.

Chaque équipe ouvre l'enveloppe qui lui a été attribuée.

Quel endroit de Denver porte la marque du Mile High ? Rendez-vous là-bas pour découvrir le prochain indice !

— Trop facile ! C'est le bâtiment du Capitole ! me chuchote Logan.

Je l'adore, ce gamin. Quand je parlais de l'événement aux autres capitaines, il ne voulait pas rester en retrait et a décidé d'intégrer mon équipe.

Autour de nous, les équipes s'éloignent d'un pas précipité, les unes après les autres.

— D'après mon GPS, c'est à dix minutes de marche, indique Audrey.

Logan l'a invitée à se joindre à nous. Je me doutais qu'il se passait quelque chose entre eux, et cela ne fait que le confirmer.

— Moins que ça, si on court ! crie Logan.

Notre groupe part donc au galop. Peyton et moi courons plus lentement à l'arrière.

— Tu ne m'avais pas dit que la journée serait consacrée aux joies de la course à pied, remarqué-je avec un clin d'œil.

— Ce n'est pas de ma faute si les athlètes sont aussi compétitifs.

— Si j'avais su, je t'aurais proposé une autre gamme d'activités tout aussi exténuantes, mais bien plus amusantes.

Nous ralentissons en arrivant au niveau d'un feu rouge.

— Chut ! Moins fort ! s'exclame Peyton en tournant la tête dans tous les sens pour s'assurer que personne ne m'a entendu.

— Détends-toi, tout va bien.

D'autres groupes passent en courant sur le trottoir d'en face.

Les joues de Peyton sont rougies par notre course.

— Et si quelqu'un t'avait entendu et le rapportait à Earl ? Hein ?

— Je ne sais pas, Peyton, lui dis-je sincèrement. Mais si tu finis par travailler pour lui, il faudra bien qu'on trouve une solution.

— Je n'en vois aucune.

Sa voix est résignée tandis qu'elle traverse la route sans m'attendre.

Ses épaules basses sont un écho des émotions qui m'agitent. C'est vrai, il faut se l'avouer : quelles solutions avons-nous ?

Je secoue la tête pour chasser mes idées noires et rejoins notre équipe. Trois autres groupes sont passés devant nous. Après en avoir vu deux partir dans des directions opposées, je me demande si les indices mènent à des destinations différentes. Logan et Audrey ont trouvé la personne qui devait nous donner l'énigme suivante, et ils nous apportent une enveloppe.

— J'ai le blues, à force de regarder par la fenêtre. Qui serait prêt à me faire un gros câlin ? lit Audrey à voix haute. Le blues ?

Peyton se tient en retrait, silencieuse, puisque c'est elle qui a réfléchi aux indices.

— Comment ça, une fenêtre ? demande Logan.

Kelsie m'attrape par le bras.

— L'ours bleu, la statue, celui qui regarde dans le centre de congrès !

— Bien vu ! crie le dernier membre de notre équipe, et nous voilà repartis.

Le trajet fait moins d'un kilomètre, mais je ne parviens plus à rassembler mon énergie.

Je suis en train de gagner à nouveau la confiance des fans de Denver. L'équipe m'adore. Mais est-ce que je peux continuer à être aimé de la seule personne qui n'en a pas le droit ?

Tout était tellement plus simple à la fac, quand il n'y avait que nous deux.

Chapitre Vingt-Neuf

— P eyton. Earl voudrait te voir dans son bureau.

La dureté de la voix de Tammy me met en alerte. Elle ne s'est jamais montrée qu'amicale depuis mon arrivée ici. Là, je sens un frisson me parcourir l'échine.

— Bien sûr, j'arrive.

J'attrape mon carnet et me prépare mentalement. Quand j'entre dans son bureau, Earl n'a pas l'air ravi.

Merde. C'est mauvais signe.

— Vous vouliez me voir, Earl ? demandé-je de ma voix la plus courageuse.

— Oui, Peyton, mais cette fois, ce n'est pas une bonne nouvelle, répond-il en secouant la tête. Malheureusement, nous allons devoir vous renvoyer.

Une chape de plomb se loge au creux de mon ventre.

— Ma performance n'a pas été satisfaisante ?

Ma voix tremble ; je serais bien incapable de l'en empêcher.

— Si, au contraire. Ce qui ne rend cette situation que plus difficile.

Il se penche sur son bureau et croise les bras.

— J'ai appris que tu voyais l'un de nos clients en dehors des occasions nécessaires à ta mission, poursuit-il.

— Ah.

Je tente de déglutir, en vain. Comment l'a-t-il découvert ? Nous avons fait tellement attention, Colin et moi. Tout le temps.

Mais… peut-on jamais réellement cacher ses sentiments envers la personne qu'on aime ?

— Peyton. Ces règles existent pour une raison. Il est si facile de se laisser emporter par les belles promesses des gens. J'ai assisté à la chute de nombreux collègues qui avaient fait confiance aux stars du monde du sport. Les conséquences ne sont jamais heureuses, et cela ne vaut pas le coup.

Je hoche la tête en essayant de retenir les larmes qui menacent de couler. Je refuse de me mettre à pleurer devant Earl.

— Puis-je vous demander comment vous l'avez découvert ?

Il fronce les sourcils.

— Le fait que tu ne nies pas m'indique tout ce qu'il fallait que je sache.

— À ce stade, cela ne m'apporterait rien de nier.

Cette fois, une minuscule larme coule. Je l'essuie immédiatement, frustrée de me retrouver dans cette position.

— Les règles sont les règles, Peyton. J'aurais préféré ne pas en arriver là, mais je ne peux pas me permettre de te traiter différemment des autres.

— Je comprends, dis-je en hochant la tête. Je vous remercie de cette opportunité.

Je me lève, impatiente de quitter ce bureau.

— Ton stage avec nous a été très prometteur, et je suis certain que tu auras une carrière brillante. Porte-toi bien.

Il m'adresse un sourire forcé.

Je retourne jusqu'à mon bureau pour récupérer mon sac, et j'ai l'impression que tout le monde me regarde.

Tout ce que je craignais s'est finalement produit.

Est-ce que je l'ai provoqué, à force de trop y penser ?

Colin était si certain que tout irait bien.

Pourtant, actuellement, c'est tout le contraire.

Au début du semestre, mon avenir était si proche, à portée de main.

Désormais, tout est flou. Je n'ai plus de stage, c'est-à-dire plus de crédits pour mon diplôme.

Comment est-ce que je suis censée réaliser mon rêve, désormais ?

COLIN

— TOUT VA BIEN SE PASSER, Gaufre.

Je fais les cent pas dans mon salon depuis que Peyton m'a envoyé un message disant qu'elle arrivait. Elle m'avait prévenu qu'elle devrait être au bureau toute la semaine, et là, c'est le milieu de la journée, ce qui n'augure rien de bon. J'ai les nerfs à vif.

Mon premier réflexe a été de vérifier dans les infos que personne ne parlait de nous. De nous, ou de moi, je ne sais pas trop ce que je cherchais.

En tous cas, je n'ai rien trouvé.

Cependant, la raison de sa venue ne peut qu'être mauvaise.

Un coup léger à la porte, et je me précipite pour l'ouvrir, Gaufre sur mes talons.

— Peyton…

Je perds mes mots. Je ne l'ai jamais vue aussi dévastée.

Ses yeux sont bordés de rouge, ses joues gonflées par les larmes.

— Que s'est-il passé ?

Je lui ouvre mes bras, prêt à la serrer contre moi, mais elle me passe à côté pour entrer dans la maison.

Merde. Ça s'annonce encore pire que prévu.

— Earl m'a virée.

— Quoi ? Pourquoi ?

Vu le manque d'informations, je pense pouvoir deviner. Mais j'ai besoin qu'elle me le confirme.

— Il a eu vent de notre relation.

— Comment ?

Ma nuque se raidit, et je la masse doucement pour en enlever les nœuds de stress.

— Je ne sais pas ! explose Peyton, les joues couvertes de larmes. Tout se passait bien, pourtant ! Personne n'était au courant pour nous, et maintenant, je n'ai plus de travail !

C'est à elle de faire les cent pas. Gaufre est assis sur le canapé, la tête tournée tour à tour vers Peyton et moi, comme pendant un match de tennis.

— Qu'est-ce que je peux faire pour t'aider ?

— Tu ne peux rien faire ! Les règles d'Earl font loi.

— Je pourrais peut-être changer d'agent ?

— Sérieusement, Colin, lâche Peyton avec un rire méchant.

— J'essaie de trouver une solution !

— Tu as signé un contrat, tu ne peux pas partir comme tu l'entends !

— Qu'est-ce que tu proposes, alors ?

Ma voix contient plus de colère que je ne le voudrais, mais Peyton, frustrée, triste, énervée comme elle est, à cet effet sur moi. Ce cocktail d'émotions est dévastateur.

— Il ne reste plus que quelques semaines avant la fin

du semestre. Je doute d'obtenir les crédits suffisants à le valider sans ce stage. Autrement dit, pas de diplôme.

Cette fois, quand je m'approche d'elle, elle me laisse la serrer dans mes bras. Mon anxiété augmente d'un coup.

— Je sais que ça paraît impossible à l'instant, mais on va s'en sortir, affirmé-je en passant mes mains dans ses cheveux dans un effort pour l'aider à se calmer.

— C'est à cause de notre relation que je me retrouve dans cette impasse.

— Qu'est-ce que tu veux dire ?

Je suis envahi par une vague de peur. Bien sûr, je sais que Peyton a ses doutes quant à notre couple ; cependant, je ne pensais jamais en lire la preuve aussi clairement sur son visage. Elle me repousse et croise les bras.

— J'ai besoin d'un peu de temps pour faire le tri dans tout ça, murmure-t-elle.

— Peyton, le temps ne changera rien.

Je tends la main vers elle, mais elle m'évite. Je la sens qui m'échappe.

— Colin.

Elle me regarde, et mon cœur se brise dans ma poitrine.

Cassé en mille morceaux, comme ça, d'un coup. Des échardes de verre s'écrasent à mes pieds à chaque nouvelle larme qu'elle verse.

— Ne fais pas ça, Peyton.

Je secoue la tête, impuissant. Je ne veux pas la perdre. Je ne peux pas la perdre à nouveau.

La première fois, j'ai dû changer ma vie entière.

Cette fois ?

Je ne sais pas si je pourrais m'en remettre un jour.

— Je commence à penser que nous aurions peut-être dû laisser notre histoire dans le passé, là où est sa place.

— On peut s'en sortir. Je peux te trouver une nouvelle agence où travailler.

Peyton s'avance vers moi et pose sa main sur mon torse.

Je l'attrape et la presse contre moi. Parce que je sais, sans le moindre doute, que c'est la dernière fois. Que lorsqu'elle aura passé cette porte, je ne la reverrai plus.

La femme qui m'a brisé il y a cinq ans est en train de recommencer.

— Au revoir, Colin.

Je ne dis rien. Je suis incapable de prononcer le moindre mot.

Cela rendrait la situation réelle. Et définitive.

La voir partir me fait mal, mais je me force à la dévorer du regard une dernière fois. Les larmes qui couvrent son visage ne font rien pour atténuer sa beauté.

C'est la plus belle femme que j'ai jamais vue. La seule que j'ai jamais aimée. Personne ne me connaît mieux qu'elle, et je n'ai jamais voulu qu'une autre me connaisse comme elle. Elle seule en vaut la peine.

Et voilà qu'elle s'en va. Elle gratte l'oreille de Gaufre une dernière fois et se détourne.

J'attends. Sans détourner le regard.

Je voudrais qu'elle se rende compte que tout ce qu'elle vient de me dire n'est qu'une vaste erreur, et qu'on trouvera un moyen de s'en sortir, ensemble. Mais elle se contente de prendre une longue inspiration, et d'ouvrir la porte.

Aussitôt, elle est partie.

Et le peu qui restait de mon cœur se change en cendres.

C'est fini, bordel.

Peyton est partie.

Chapitre Trente

—— Combien de temps comptes-tu encore rester au lit ? me demande Grier en se blottissant près de moi.

—Jusqu'à ce que j'aie oublié Colin.

Mon cœur se serre rien qu'en prononçant son nom.

— Ma chérie. Il doit bien y avoir une autre agence quelque part, murmure Grier en repoussant les cheveux qui me tombent sur le front.

—J'ai regardé. Il n'y a pas d'autre agence à Denver.

— Et celle où était Colin, avant ?

Je secoue la tête sur mon oreiller.

— Ils sont partis à Las Vegas il y a quelque temps. Je t'assure, il n'y a rien d'autre.

— Mince alors.

—J'aurais dû m'en douter.

Je ferme les yeux pour retenir une nouvelle vague de larmes. L'absence de travail n'aide vraiment pas à me distraire de la douleur que je ressens.

— Il était impossible de prédire que cela se finirait ainsi.

— Earl m'a parlé de l'interdiction de fraterniser le jour de mon arrivée à l'agence. Et j'ai désobéi à sa seule règle.

— Comment l'a-t-il su ?

C'est la question à un million de dollars. Nous avons été très attentifs à ne rien laisser paraître lors de tous les événements auxquels nous nous sommes rendus, Colin et moi. Nous ne nous y sommes jamais touchés, jamais étreints. J'ai bien veillé à ce que nous soyons purement professionnels.

Alors, qu'est-ce qui a bien pu nous trahir ?

— Je ne sais pas. Et puis est-ce que c'est vraiment important, désormais ?

J'enfouis mon visage dans l'oreiller et éclate en sanglots.

Ça ne s'arrêtera donc jamais ?

— Bon, je n'en peux plus de te voir dans cet état. Ça me brise le cœur. On va devoir trouver quelque chose qui t'aiderait.

— Je ne veux pas aller boire un verre.

— Roh, fait Grier en me donnant une tape sur le bras. Ce n'est pas ce que j'avais en tête.

Une heure plus tard, elle me traîne à l'intérieur d'un studio de boxe.

— Grier, tu sais que je n'en ai jamais fait, hein ?

Elle hoche la tête.

— Je sais, oui, mais tu as besoin de te défouler autrement qu'en passant tes journées à pleurer dans ton lit.

— Tu m'entends pleurer ?

— Les murs sont fins comme du papier. Bien sûr que je t'entends.

— Désolée.

— Pas grave, répond-elle en passant son bras autour de mes épaules pour me serrer contre elle. Je ne t'en veux pas. Je ne ressens pas tes émotions, mais je déteste te voir comme ça.

— Je suis heureuse que tu sois là.

— Je serai toujours là, déclare-t-elle en me tournant vers un punching-bag suspendu. Bien, maintenant, tu vas pouvoir frapper ce truc de toutes tes forces.

J'attrape la paire de gants qu'elle me tend.

— Je suis censée frapper le punching-bag, c'est tout ? Pas plus d'explications ?

— Nope, répond-elle en insistant sur la deuxième syllabe. Je suis déjà venue quelques fois, et à cette heure-ci, c'est quartier libre. Tu peux te contenter de taper.

— Tu as conscience que je risque d'être nulle, hein ?

— Aucun risque. Je te connais, Peyton. Une fois que tu l'as décidé, tu peux tout faire. Tu vas t'en sortir.

Grier se place de l'autre côté du punching-bag tandis que j'enfile mes gants. Ils sont inconfortables et bien trop grands pour moi, mais ils protégeront efficacement mes mains.

Je secoue mes bras avant de frapper ma cible. Ma main rebondit, sans vraiment d'impact.

— Lève tes mains jusqu'à ton menton. Place ton pied correctement avant de frapper pour gagner en force, me conseille Grier.

Cette fois, en suivant ses instructions, je tape au centre du punching-bag.

— Putain, ça fait du bien.

— N'est-ce pas ? s'exclame Grier, les yeux brillants. Continue comme ça.

Je ne perds pas un instant et donne un nouveau coup.

— Comment se fait-il que je n'aie jamais su que tu venais ici ?

Grier hausse les épaules.

— C'est mon petit temps à moi. Ça m'aide à garder les idées claires.

Je frappe encore. Et encore, et encore.

Je ne m'arrête plus. Je continue à cogner dans le punching-bag de toutes mes forces.

Pour la première fois en une semaine, j'ai l'esprit clair. Le brouillard qui l'encombrait s'est dissipé. C'est comme si j'avais échappé à des sables mouvants et pouvait enfin respirer.

Chaque coup que je porte m'aide à me sentir mieux.

L'amour que nous partagions, Colin et moi, était passionné et intense. La douleur de notre rupture ne s'effacera pas de sitôt. Mais je sais que Grier sera à mes côtés à chaque instant.

— Waouh, dis donc ! Tu devrais venir plus souvent.

Je secoue mon bras pour détendre mes muscles fatigués.

— Ça fait du bien.

— Tu as l'air en meilleure forme, me dit Grier en souriant.

Je pose mes poings gantés sur mes hanches et prends une longue inspiration.

— Je devrais peut-être faire ça tous les jours. Je finirai bien par tourner la page.

— Si tu continues, tu pourras devenir boxeuse professionnelle.

— Pas mal, comme nouvelle carrière.

Nos plaisanteries me ramènent à la réalité.

Lorsque je me lèverai demain matin, je n'aurai pas de travail.

Je n'aurai pas Colin.

J'aurais de la chance de réussir à obtenir mon diplôme.

J'adore cette ville. Depuis que j'ai quitté Knoxville,

c'est ici que je me sens chez moi. Je n'ai jamais eu envie de partir. Mais peut-être que je pourrais retrouver mon poste de rêve ailleurs.

Loin de Colin.

Ce rêve-là, il me faut l'oublier.

Nous n'étions pas faits pour être ensemble, tout simplement.

Mince. Pourquoi fallait-il que je laisse mon cœur décider de tout ? Alors qu'il est si inconstant.

Chapitre Trente-Et-Un

COLIN

— **T**u forces trop, me prévient Alex tandis que je soulève mon haltère une nouvelle fois.

La brûlure de mes muscles est la seule sensation capable de me distraire de la douleur qui me serre la poitrine. Cette fois, aucun doute n'est possible : Peyton m'a bel et bien abandonné.

Elle a renoncé à notre couple.

— C'est bon, grogné-je en réponse.

— Ça suffit ! s'exclame Alex en empoignant la barre pour m'empêcher de finir ma série. Tu vas te blesser, et après, je ferai comment, moi, sur le terrain ? Sans toi ?

— Il te restera environ cinquante autres coéquipiers.

— Ne sois pas insolent.

— Ce ne serait pas nouveau, grommelé-je.

Je me tourne pour partir, mais il me retient.

— Colin. Qu'est-ce qu'il t'arrive ?

Ma peau me paraît trop étroite, comme si je pouvais à tout moment exploser en mille petits fragments, maintenant qu'elle n'est plus là.

— Peyton m'a quitté.

— Quoi ? Quand est-ce que vous avez commencé à sortir ensemble ?

J'adore Alex, mais pendant la saison, rien ne lui importe à part le football. Certaines choses lui passent complètement au-dessus de la tête.

— Il y a quelques mois.

Soixante-sept jours, pour être exact.

Enfin bon, personne ne garde le compte.

— Merde alors. Comment j'ai pu rater ça ?

— Tu n'as pas raté grand-chose. Nous n'étions pas censés être ensemble, et maintenant, nous ne le sommes plus. Fin de l'histoire.

Alex secoue la tête en prenant une gorgée d'eau.

— Le ton de ta voix ne laisse pas penser que c'est la fin.

— Elle a perdu son travail à cause de notre relation.

— Et donc, c'est fini ? Comme ça ?

— Oui.

— Hmm, fait-il d'un air songeur en s'éloignant.

— Quoi, « hmm » ?

Quel connard. Il m'assène un vague commentaire et il s'en va.

— Je ne t'aurais jamais cru capable de lâcher l'affaire si facilement, me lance-t-il par-dessus son épaule.

Avant que je ne puisse le rattraper, Coach entre dans la pièce.

— James. Un mot, s'il te plaît.

Mes épaules s'affaissent, et je le suis hors de la salle de musculation, jusque dans son bureau. Je suis d'une humeur affreuse depuis le début de la semaine, et ça se voit. J'ai raté des passes, je me suis trompé de direction. On dirait que je n'ai jamais joué au football de ma vie.

— Qu'y a-t-il, Coach ?

Je referme la porte derrière moi avant de m'asseoir dans un fauteuil. La pièce est décorée de photos de sa famille, parsemée de quelques images de l'équipe.

— Tu n'as pas l'air très en forme. Quelque chose ne va pas ?

— C'est Alex qui vous en a parlé ?

Celui-là, il va m'entendre.

— Non. Si tu joues mal, c'est que tu ne vas pas bien, c'est facile à deviner. Crois-le ou non, je fais attention à mes joueurs. Alors, que s'est-il passé ?

Il me fixe du regard. Ses cheveux poivre et sel et ses yeux chaleureux lui donnent un air gentil. L'air de quelqu'un à qui on peut se confier sans crainte. Ce que je fais.

Tout lui raconter s'avère très cathartique.

— Je ne sais pas quoi faire, Coach. Je ne peux pas la perdre.

La confession m'échappe. Je baisse les yeux vers mes mains tremblantes.

J'ai déjà perdu Peyton une fois par le passé. Il est hors de question que cela m'arrive à nouveau. Ces quelques jours sans elle m'ont rendu fou.

— Earl m'a appelé, tout à l'heure.

Je relève brusquement la tête.

— Pourquoi mon agent vous appellerait-il ?

Ils s'entendent bien, il me semble. Mais ils ne travaillent pas ensemble aussi souvent que ça, non plus.

— Il voulait parler de ta situation.

J'ai l'impression que les murs de la pièce se referment sur moi.

— Ma situation ?

Par pitié, ne me dites pas que vous m'avez convoqué pour me virer.

— Earl était très satisfait de tes progrès. D'après lui, tu

as fait un excellent travail pour rétablir ton image et ta réputation. Nous le voyons tous, d'ailleurs. Tu es un atout précieux pour notre équipe, et nous avons de la chance de te compter parmi nos joueurs. Tu restes avec nous.

— Putain, merci ! m'exclamé-je, incapable de cacher mon soulagement. Quel ascenseur émotionnel, cette conversation.

Cela le fait rire.

— Pardon, Colin. Je ne voulais pas te provoquer un tel stress. Cela dit, j'ai aussi parlé au directeur.

— Ce n'est pas me provoquer du stress, ça ? râlé-je en soufflant.

— Suzanne voudrait prendre un peu de temps pour elle et transférer certaines de ses missions à quelqu'un d'autre. Ce qui signifie que nous aurions besoin d'une personne supplémentaire au département de communication et gestion de nos réseaux sociaux… Un ou une stagiaire, par exemple. Tu ne connaîtrais pas quelqu'un qui pourrait être intéressé ?

— Vous vous foutez de moi.

— Non, je te jure, répond Coach en riant.

Il sort une enveloppe format A4 de son tiroir et me la tend.

— Je me suis dit que tu voudrais peut-être en informer la concernée en personne. Suzanne a déjà contacté l'université pour s'assurer que les crédits restants seraient validés.

— Putain de merde.

Coach se lève et fait le tour de son bureau.

— Colin, je serai toujours là pour mes joueurs. Si tu souffres, je ferai tout ce que je peux pour t'aider. Allez, relève-toi. Va chercher ta petite amie. On se voit avant le match.

Pas la peine de me le répéter.

En un instant, je suis debout, prêt à partir.

Je n'ai plus qu'une seule idée en tête : récupérer Peyton.

La prendre à nouveau dans mes bras, là où est sa place.

Chapitre Trente-Deux

Quelqu'un frappe à la porte, et je suis forcée de hisser mon corps lourd hors du canapé. Ces derniers jours, j'ai passé mon temps au studio de boxe de Grier, à tabasser le punching-bag.

C'est ma version d'une bonne session de thérapie.

Par contre, mon corps entier est mou.

Lorsque j'ouvre la porte, ce n'est pas le livreur qui me fait face.

C'est Colin.

— Que fais-tu ici ?

—Je suis venu t'apporter tout ce que tu désires.

Il a l'air aussi épuisé que moi.

Je soupire.

— Colin…

— Attends. Avant de parler, laisse-moi juste te dire une chose, d'accord ?

Je hoche la tête.

— Tu aimes les statistiques, je vais donc t'en donner quelques-unes sur notre relation.

Je prends une profonde inspiration et m'appuie contre

le chambranle.

— Je suis amoureux de toi depuis sept ans. Depuis la première fois que je t'ai vue. Chaque seconde de chaque minute de chaque heure de chaque jour. Depuis sept putains d'années.

Il s'avance d'un pas.

— Je t'ai aimée en dépit de tous les kilomètres qui séparent Denver de Knoxville. Deux mille deux cents kilomètres.

Un autre pas.

— Nous avons mangé mexicain soixante-douze fois, à la fac. Parce que deux étudiants fauchés n'aiment rien tant que la soirée tacos à volonté.

— Mon Dieu, j'avais oublié tous ces tacos, grogné-je.

Colin sourit et avance encore.

— Je peux aussi te dire exactement combien de jours nous avons été séparés au cours de ces deux années : cinquante-six. Chaque fois que j'avais un match dans une autre ville, je détestais devoir te quitter. Par contre, j'adorais réviser avec toi. Un baiser par bonne réponse, tu te souviens ?

Nous sourions tous les deux.

— Je me souviens du jour où je t'ai dit que je t'aimais pour la première fois. Et toi ?

Évidemment. C'est un souvenir qui fait battre mon cœur un peu plus vite.

— C'était après notre défaite lamentable contre le Mississippi. Il pleuvait des seaux d'eau, et je m'étais foulé l'épaule. Tu étais la seule à t'être occupé de moi, après ce match. Je ne me suis jamais senti aussi aimé… Jusqu'à ce que tu veilles sur moi après ma concussion.

— Il fallait bien que quelqu'un le fasse.

Colin franchit l'espace qui nous sépare encore, le bout de ses baskets frôlant mes orteils nus.

— Eh bien, je suis ravi que tu te sois portée volontaire. Ce jour-là, quelque chose a changé en moi. J'ai su que je ne serais jamais heureux si tu ne faisais pas partie de ma vie.

Il attrape ma petite main de la sienne, bien plus grande.

— Je n'ai jamais rien tant aimé que tenir ta main. C'est toujours le cas. Je ne désirais qu'une chose : être toujours à tes côtés. Et ces dernières années sans toi ont été difficiles, Peyton. Personne ne pourrait jamais te remplacer.

Une larme coule sur sa joue. En réponse, les larmes qui s'accumulaient dans mes yeux s'échappent à leur tour.

— Je t'aime, Rocky. Tu es la meilleure chose qui me soit jamais arrivée, et je ne saurais pas quoi faire si je te perdais pour de bon. Tu es, sans le moindre doute, la femme la plus parfaite que j'ai jamais réussi à séduire.

J'émets un petit rire, trempé de larmes.

— Un peu sentimental, comme discours, non ?

— Je n'y peux rien, c'est l'effet que tu provoques en moi, Rocky.

— Ça ne change rien à la situation, Colin. Je ne trouverai pas de travail à Denver.

— Tu en es vraiment certaine ? demande-t-il d'un air malicieux en agitant le dossier qu'il tient en main.

— Qu'est-ce que c'est ?

— Un poste pour l'équipe des Lions de Denver.

— Tu plaisantes.

Il secoue la tête.

— Earl a passé quelques coups de fil. La directrice du département de communication voudrait passer à temps partiel, alors ils cherchent quelqu'un pour l'aider. S'occuper des réseaux sociaux, de la presse… Ce genre de choses. Ce n'est qu'un stage, mais ce serait parfait pour toi.

Colin me tend l'enveloppe et je l'ouvre avec précipitation. À l'intérieur se trouvent les détails du contrat d'un stage qui commencerait en janvier, pile à temps pour le deuxième semestre.

— Mon Dieu, tu es sérieux !

— Je veux que cette relation fonctionne, Peyton. Je veux que tu restes ici. Que tu travailles pour l'équipe dans laquelle je joue. Que tu fasses partie de ma famille, avec Gaufre.

J'essuie mes larmes.

— Comment va-t-il ?

— Tu lui manques. Comme à moi.

Il attrape mon visage entre ses mains.

— Alors, Peyton ? Qu'en dis-tu ?

Chacun de ses mots est venu se loger dans mon cœur, en réparant les fissures, en recollant les morceaux. J'empoigne son t-shirt et l'attire brusquement à moi.

En un instant, un sourire apparaît sur son beau visage, et je déclare :

— Heureusement que ça ne te dérange pas de travailler avec moi, alors. Puisque j'imagine que je risque de traîner dans le coin encore un moment.

Ses épaules s'affaissent de soulagement, comme s'il était enfin libéré du fardeau qu'il portait.

— Putain, ce que je t'aime, Peyton.

Ses lèvres s'écrasent sur les miennes dans un baiser brûlant. Toutes nos émotions se déversent dans ce baiser tandis que nous nous disputons sa dominance. J'avais oublié son goût si délicieux. Cette semaine loin de lui m'a paru si longue.

Il me soulève dans ses bras et entre dans l'appartement sans interrompre notre baiser. Je laisse tomber l'enveloppe au sol et m'accroche à lui, savourant la sensation de ses muscles puissants sous mes doigts. Je ne veux plus jamais être séparée de lui.

Colin referme la porte d'un coup de pied et me dépose sur la table dans l'entrée. Ses lèvres descendent le long de la douce colonne de mon cou. Mon pouls bat à toute vitesse à son passage.

— Je veux te sentir autour de moi, Peyton.

Je n'ai pas besoin de plus d'encouragements. Aussitôt, mes doigts agiles défont son pantalon et le baissent le long de ses jambes. Il bande déjà. J'adore constater aussi clairement l'effet que j'ai sur lui.

Son visage est à quelques centimètres du mien. Je caresse légèrement ses lèvres pour me souvenir de leur douceur.

— Tu m'as manqué, Colin.

Il attrape ma main pour presser un baiser dans ma paume.

— Je devenais fou, sans toi.

— Tu t'es quand même bien débrouillé pendant tes matchs, répliqué-je en me débarrassant de mon short de sport.

— L'entraînement était une torture, mais c'était le seul moyen d'oublier ma peine.

— Je t'aime, murmuré-je tandis qu'il pénètre en moi avec un gémissement.

— Je t'aime, Peyton. Nous deux, pour toujours.

Je le serre contre moi, savourant la sensation de son sexe nu, si long et dur qui va et vient dans mon corps. Nous nous chuchotons des mots d'amour en jouissant ensemble. Nos respirations hachées se mêlent, et nous ne nous séparons pas, refusant de nous éloigner l'un de l'autre.

— Du moment que tu marques trois *touchdown*, dis-je en souriant dans son cou.

— Pour toi, Peyton ? J'en marquerai quatre.

Chapitre Trente-Trois

C'est nul. Une autre saison, une autre élimination. Et pour couronner le tout, c'est Vegas qui nous a battus.

Il n'y a rien de plus difficile que le jour où nous devons vider nos casiers. Chaque visage est rempli de tristesse. L'énergie jubilatoire du début de la saison a bel et bien disparu. Heureusement qu'au moins, la nouvelle stagiaire du département de communication, qui s'avère aussi être la personne que je préfère au monde, a organisé un dîner d'équipe ce soir.

Ce qui fait que je n'arrive pas à être trop déçu.

Mon portable vibre et m'arrache à ma tâche de jeter les bouteilles de shampoing vides qui traînent dans mon casier.

C'est mon père.

J'aimerais l'ignorer, mais je sais que c'est inutile. Il ne s'arrêtera pas tant que je n'aurai pas répondu.

— Papa.

— Colin. Pas terrible, ton match d'hier. Perdre contre

Vegas ? me reproche-t-il immédiatement d'un ton réprobateur.

Je n'aurais vraiment pas dû décrocher.

— Ça arrive.

Je n'ai aucune intention d'entrer dans son jeu.

— Peut-être que si tu n'étais pas aussi occupé à coucher avec cette femme, tu pourrais te concentrer sur le sport, comme tu es censé le faire.

— Tu te fous de moi ?

Je lâche la serviette que je tenais à la main et sors dans le couloir, à la recherche d'un peu plus d'intimité.

— Ce n'est pas une façon de parler à son père.

— Je te parlerai mieux quand tu te comporteras comme tel, répliqué-je.

— Tu n'agis comme ça que lorsque tu es avec elle. Je pensais m'être débarrassé d'elle pour de bon la première fois. Je n'en reviens pas que tu te sois remis avec.

Ma vision se brouille sous l'effet de l'éclair de rage qui me traverse.

— Comment ça ?

— Tu devais te concentrer sur ta carrière. J'ai fait ce qu'il fallait.

Tout s'explique.

— C'est toi qui as envoyé ces lettres, quand nous étions à la fac. Et c'est toi qui l'a fait renvoyer de son agence.

— Tu étais, et tu es toujours, en train de ruiner ton avenir. C'est au football que tu devrais te consacrer. Avec pour but de remporter le Super Bowl.

Il le dit comme si c'était une évidence.

— Tu n'avais pas le droit ! crié-je.

Pas besoin d'en savoir plus. C'est à cause de lui que j'ai dû passer toutes ces années loin de Peyton ; c'est comme si un dragon avait pris vie en moi, prêt à déverser ses flammes.

— Je suis ton père et…

— Non, le coupé-je. Tu n'as pas le droit de me sortir cet argument. Tu ne t'es jamais préoccupé que de mes statistiques. Toi, tu n'as pas réussi à faire carrière en tant que joueur, et tu n'en avais rien à faire de moi tant que mes chiffres n'étaient pas parfaits.

— Attention à ce que tu dis, jeune homme.

— J'en ai assez, papa. Si c'est ainsi que tu veux me traiter, que tu veux traiter la femme que j'aime, c'est fini. Tu me vois comme un joueur, c'est tout ; nous pourrons parler quand tu me verras comme ton fils.

Je mets fin à l'appel, serrant mon portable dans mon poing au point qu'il manque de se briser. Je tremble de colère ; je viens d'avoir la confirmation que c'était bien mon père qui avait cherché à nous séparer. Je me souviens encore de ces premiers jours après ma sélection, lorsque je mourais d'envie d'appeler Peyton, de lui parler. D'essayer de lui faire comprendre que nous étions mieux ensemble.

C'est lui qui m'en avait dissuadé, alors. Qui n'avait pas cessé de me garder loin d'elle.

Plus que tout, j'ai besoin de la voir. Peu m'importe que mon casier soit encore à moitié plein.

Je dois voir Peyton.

Je me dirige à grands pas vers les bureaux. Je tourne à l'angle d'un couloir, et la voilà.

Dès l'instant où elle m'aperçoit, son sourire s'efface, et elle s'approche.

— Que s'est-il passé ?

— Mon père.

Ses lèvres se retroussent en une grimace de colère.

— Qu'est-ce qu'il a fait ?

— Tu avais raison, commencé-je en prenant sa main pour l'attirer vers un recoin moins fréquenté. C'est lui qui était à l'origine de notre rupture, il y a toutes ces années. Et il a recommencé récemment, d'ailleurs. Je ne sais pas comment il est parvenu jusqu'à Earl, mais j'imagine qu'il a ses contacts.

— Oh, Colin. Je suis navrée.

Elle ne remue pas le couteau dans la plaie, ne me rappelle pas qu'elle l'avait deviné bien avant moi. Mon père a beau être un vrai connard, j'aurais préféré qu'elle ait tort.

— Tu vas tenir le coup ?

Je la prends dans mes bras et inspire son parfum au jasmin et l'odeur de son savon à la vanille, qui font l'effet d'un baume sur mes nerfs à vif.

— Je n'en reviens pas, c'est tout.

— J'aimerais que ce soit faux.

Sa présence agit comme une ancre qui me maintient ici. Moi aussi, j'aimerais que mon père ne soit pas comme il est. Qu'il ne soit pas le pire connard que la Terre ait porté. J'imagine qu'il est naturel, quand on a échoué, de se venger sur quelqu'un qui a réussi. Mais actuellement, cela m'est égal : la seule personne qui m'importe est dans mes bras.

— Je suis heureux que tu sois là, Rocky, murmuré-je d'une voix étranglée.

— Et moi, je suis heureuse d'être là. Enfin…

— Enfin quoi ? demandé-je en me redressant.

Son regard est malicieux.

— Enfin, je suis censée être au dîner de l'équipe, à vrai dire. Tu penses que tu pourrais m'y accompagner ?

Je souffle et descends ma main le long de son bras pour attraper la sienne.

— Et avoir une nouvelle occasion de me vanter de ma copine ? Avec plaisir.

Le sourire de Peyton est éclatant tandis que nous parcourons les couloirs du bâtiment en direction du terrain d'entraînement intérieur. De grands buffets garnis de plats variés sont placés contre les murs, laissant au centre les tables plus petites où s'asseoir. Les familles des joueurs sont déjà là, à les attendre.

De l'autre côté de la salle, Earl repère notre arrivée et s'avance vers nous.

— Colin. Peyton. Je suis ravi de vous voir ici ensemble.

Peyton lui serre la main, et il me donne une tape dans le dos.

— Merci énormément de m'avoir obtenu ce poste, Earl, lui dit Peyton.

Il agite la main nonchalamment.

— Je sais reconnaître le talent quand je le vois. Je savais que tu te plairais chez les Lions de Denver. Par contre, est-ce que tu es certaine de vouloir rester avec ce garçon ? plaisante-t-il en me désignant du pouce.

Peyton me dévisage des pieds à la tête, comme si elle prenait sa décision.

— Hmm. Je pense que je vais le garder.

— Aïe, Rocky, ça fait mal, je geins en l'attirant contre moi pour la plaquer contre mon torse.

Ses épaules sont secouées par son rire.

Il y a encore quelques semaines, je n'aurais jamais imaginé que cela pourrait être notre vie. Et pourtant, nous voilà : en public, ensemble. Les regards malicieux que nous échangeons ne sont plus un secret.

— Au moins, je sais que tu t'assureras qu'il ne fasse pas de bêtises, conclut Earl en secouant la tête avant de se diriger vers le directeur général, qui vient d'arriver.

— Que se passe-t-il, par ici ? demande Alex, qui apparaît près de nous.

— Je veille à ce que Colin ne fasse pas de bêtises, répond Peyton en se tournant dans mes bras sans pour autant se dégager.

Les yeux d'Alex passent d'elle à moi.

— Le jour est donc enfin venu pour moi de rencontrer *officiellement* la fameuse Peyton, en tant que ta petite amie ?

— C'est bien elle, déclaré-je fièrement en la serrant contre moi.

Alex nous entoure de ses bras dans une étreinte maladroite.

— Dans ce cas, laisse-moi te remercier d'avoir aidé ce gars à revenir sur le droit chemin, Peyton. Je n'avais aucune envie de perdre mon receveur préféré.

— Oh, c'est si mignon ! Tu tiens vraiment à moi…

— Hé oui, que veux-tu ? Former un nouveau receveur me prendrait trop de temps et d'énergie, réplique Alex en me repoussant avant de regarder Peyton en souriant, comme s'ils étaient désormais les meilleurs amis du monde.

— Tu n'auras qu'à me dire quand il fera des siennes, et j'interviendrai aussitôt, promet Peyton.

— Oh, super, vous allez vous liguer contre moi, c'est ça ? demandé-je en levant les yeux au ciel.

— Arrête, tu adores ça, et tu le sais, roucoule Peyton en me pinçant la joue.

Elle a raison. J'adore ça.

Parce que j'ai enfin obtenu les deux choses que j'ai toujours voulues.

Le football, et Peyton.

Épilogue

C'est le grand jour. Ma tunique virevolte autour de mes chevilles tandis que j'attends mon tour. Je ne sais pas qui a décidé que la cérémonie aurait lieu en extérieur, au mois de mai, mais il fait une chaleur étouffante.

— Peyton Thompson.

On appelle mon nom, et je traverse la scène pour recevoir mon diplôme. J'entends des voix crier mon prénom depuis l'autre côté du stade, là où mon petit groupe d'amis me félicite bruyamment. Grier est juste derrière moi.

— On a réussi ! s'exclame-t-elle.

Elle me saute dessus avec tellement de force que je manque de tomber en arrière, et nous rejoignons nos sièges pour assister au reste du défilé.

— Oui, on a réussi ! Je n'y crois pas ! je réponds avec un soupir de soulagement.

Je commençais à croire que cette journée n'arriverait jamais. Quand j'ai perdu mon stage à l'agence d'Earl, je n'avais aucune idée de ce que je pourrais bien faire. Finalement, j'ai réussi à obtenir les crédits qui me manquaient, mais ça n'a pas été facile. La plupart du temps, je travaillais comme deux personnes.

J'aurais dû m'en douter. Heureusement, Colin était là pour me soutenir quand je flanchais. Malgré les difficultés, ces quelques mois comptent parmi les meilleurs de ma vie.

Chaque jour, j'avais la chance de travailler pour l'une des meilleures organisations de la ligue. Et chaque soir ? Je rentrais chez moi, retrouver les deux hommes de ma vie.

Gaufre est en première position, évidemment. Colin n'est que deuxième.

Maintenant que mon stage est fini, je vais devoir chercher du travail, et c'est une pensée terrifiante ; heureusement, je n'ai pas à m'en préoccuper avant lundi.

Là, je n'ai qu'une hâte : lancer mon chapeau en l'air et pouvoir fêter mon diplôme avec mes amis et ma famille.

Et dormir, aussi.

La rédaction de mon mémoire a failli m'achever. Heureusement qu'on est en hors-saison, sinon, je ne sais pas comment je m'en serais sortie.

Alors que le dernier de nos camarades traverse la scène, je passe mon bras sous celui de Grier. Elle a déjà accepté un poste dans l'ouest du pays, pour une équipe de baseball de ligue mineure à la réputation compliquée. Elle se dit prête à relever le défi… et à passer ses journées entourées de joueurs de baseball dans leurs tenues moulantes.

— Félicitations à tous nos diplômés, annonce le directeur tandis que nous jetons tous nos chapeaux en l'air.

J'attire Grier contre moi et la serre dans mes bras de toutes mes forces. Les larmes menacent de couler ; je suis à fleur de peau, aujourd'hui. J'ai beau avoir hâte de m'engager dans cette nouvelle étape de ma vie, je suis dévastée à la pensée que je ne pourrai plus la voir tous les jours.

Les familles des nouveaux diplômés s'avancent sur le

terrain, et Grier s'éloigne à la recherche de la sienne. Quant à moi, je n'ai pas le temps de bouger avant qu'une paire de bras s'enroule autour de moi et me soulève du sol.

—Je suis si fier de toi !

Ma tête se cogne contre l'épaule de Colin, et je suis submergée par une vague de bonheur.

—Je n'en reviens pas d'avoir fini !

Il me dépose à terre, et je me retourne pour le serrer dans mes bras.

— On va enfin pouvoir partir en vacances !

Colin m'a dit qu'il espérait pouvoir partir un peu après leur défaite, mais avec tous les cours qui me restaient, je n'en avais absolument pas le temps.

Désormais, seuls quelques jours nous séparent encore de la plage.

— Hmm, j'ai tellement hâte de boire un cocktail au bord de la mer. Tu crois que je pourrai trouver un garçon de plage pour me l'apporter ?

— Pas de ça en public, les enfants, nous réprimande Alex en surgissant derrière Colin.

— Désolé, mec, s'excuse Colin d'un ton qui laisse entendre qu'il n'en pense pas un mot.

— Félicitations, Peyton, reprend Alex en se penchant pour m'accorder une étreinte rendue compliquée par le fait que Colin refuse de me lâcher.

— Merci ! Je suis si heureuse que tu aies pu venir !

Nous nous sommes rapprochés depuis que j'ai commencé à travailler pour l'équipe. Il est l'une des personnes les plus gentilles que je connaisse, et j'adore qu'il s'entende si bien avec Colin.

— D'autant que j'arrive porteur de bonnes nouvelles, déclare-t-il en sortant une enveloppe toute froissée de la poche de sa veste pour me la tendre.

— Qu'est-ce que c'est ? me renseigné-je, curieuse, avant de l'ouvrir.

— L'équipe a pensé que ce serait amusant de te donner ça aujourd'hui.

Colin se place à côté d'Alex. Tous deux croisent les bras et me regardent d'un air espiègle.

On pourrait les prendre pour des frères.

Le haut de la page est décoré du logo des Lions de Denver.

Le contenu ?

Une offre de poste à plein temps en tant que coordinatrice des réseaux sociaux de l'équipe.

Bouche bée, je dévisage tour à tour les deux hommes qui me font face.

— Ce n'est pas une blague, hein ?

Mes yeux se baissent à nouveau vers la lettre et se remplissent de larmes.

— Tu crois vraiment que je te ferais une blague comme ça ? demande Alex.

— C'est vrai, alors ? Les Lions de Denver veulent réellement m'engager ?

— Bien sûr que oui ! crie Colin.

— Oh, mon Dieu !

Je saute dans ses bras, froissant les papiers dans ma main. Alex nous regarde en riant.

— J'imagine que ça veut dire que tu acceptes ? me lance-t-il.

— C'est le poste dont j'ai toujours rêvé ! m'exclamé-je en passant un bras sur ses épaules pour le serrer contre moi. Je n'arrive pas à croire que ce soit réel !

— Crois-moi, Peyton. Tu le mérites, dit-il doucement avant de reculer. Je vous attends sur le parking.

Il s'éloigne et nous laisse tous les deux. J'attrape le visage de Colin et le couvre de baisers.

— Je vais garder mon travail !

— Ils seraient fous de te laisser partir.

Les larmes coulent sur mes joues ; c'est trop d'émotions pour une seule journée. J'ai enfin obtenu tout ce que j'ai toujours voulu.

L'homme de mes rêves, et le poste de mes rêves. Il m'a fallu plusieurs années avant d'en arriver là, mais je ne changerais ma vie pour rien au monde.

Colin et le football.

Je n'aurais pu rêver mieux.

Envie de découvrir comment Colin et Peyton passent leur premier Noël ensemble ? Cliquez ici pour lire cet épilogue bonus !

PEYTON

— A llez, ne bouge plus. C'est ça, bon chien.

Colin s'éloigne doucement de Gaufre, qui tourne la tête vers moi.

Son expression est semblable à la mienne : *Il est sérieux, là ?*

— OK, Rocky, prends la photo.

— Tu es ridicule, dis-je en riant.

Pour autant, je m'exécute et prends quelques clichés de Gaufre, qui se tient devant le sapin, vêtu d'un petit costume de père Noël.

— Je suis un génie, tu veux dire. Mes fans vont adorer. Avec un peu de chance, cela aidera aussi à faire adopter quelques chiens du refuge avant les fêtes.

Si je n'étais pas déjà folle amoureuse de cet homme, ce commentaire aurait suffi.

Qui l'eût cru : le plus grand séducteur de la ligue possède en réalité un vrai cœur d'or !

Moi, je le savais, parce que ce Colin est celui que j'ai toujours connu : celui qui fait toujours passer les besoins des autres avant les siens. Il avait seulement pris quelques années de vacances.

— Pourquoi tu me regardes avec ce sourire idiot ? me demande Colin en prenant son chien plus si petit dans ses bras pour le couvrir de baisers.

— Je me disais seulement que tu étais vraiment exceptionnel.

Je m'avance vers lui et dépose un baiser bruyant sur ses lèvres.

— Si tu fais la liste de toutes mes qualités, tu risques d'y passer un moment.

— Je ne suis pas pressée.

Je me blottis dans ses bras. Dans la cheminée, le feu crépite ; dehors, il fait nuit. Une trentaine de centimètres de neige sont tombés sur Denver hier soir, et font de cette journée l'occasion parfaite de fêter Noël un peu en avance.

Le 25 décembre tombe un dimanche, et les joueurs rentrent chez eux pour le week-end. L'entraînement de vendredi a été annulé pour que chacun puisse passer du temps avec sa famille.

Comme mes parents partent rendre visite à mon frère, Colin et moi avons décidé de rester tous les deux ici.

— Je suis heureux que tu sois là, murmure Colin en se penchant pour capturer mes lèvres en un doux baiser.

C'est comme s'il lisait dans mes pensées.

— Moi aussi.

— Tant mieux, dit-il avec un sourire malicieux. Parce qu'il est l'heure d'emmener Gaufre jouer dans la neige.

— Ce n'est pas parce que tu adores ça qu'il va apprécier aussi, tu sais.

— Je lui ai acheté une veste et des petites bottes. Il va forcément adorer !

J'éclate de rire, et nous enfilons nos manteaux. Colin

change la tenue de Gaufre, qui passe d'un costume de père Noël à un équipement de grand froid.

— OK, c'est parti, mon petit pote !

Colin ouvre la porte vitrée qui donne de la cuisine au jardin. Gaufre lève la tête pour le regarder comme s'il était complètement fou.

— Pourquoi est-ce qu'il ne sort pas ? s'inquiète Colin en me regardant d'un air confus.

— Sûrement parce qu'il n'a pas envie de porter tous ces vêtements, je réponds en levant les yeux au ciel avant de retirer ses bottines au petit chien. Laisse-le explorer à son aise, et tout se passera très bien.

Dès qu'il n'a plus ses bottes, Gaufre part en courant et s'empresse de sauter dans la neige.

— Pourquoi ça marche quand c'est toi qui le fais ? râle Colin en croisant les bras.

— Tu réfléchis trop. Contente-toi de jouer avec lui, de le laisser s'habituer à la neige.

Je le prends dans mes bras, et nous regardons ensemble son chiot plein d'énergie.

De gros flocons tombent du ciel. Les guirlandes du sapin illuminent la scène d'une lueur magique.

Avec Colin dans mes bras, l'instant est parfait.

— Tu sais, je pense qu'on devrait célébrer cette première fête de Noël que nous passons ensemble, dit Colin.

— Ah oui ? Qu'est-ce que tu as en tête ?

Il recule d'un pas. L'éclat que je distingue dans ses yeux me pousse à me mettre sur mes gardes.

— Une bataille de boules de neige, par exemple ?

Il jette une poignée de neige dans ma direction. J'en sens les fragments glacés couler dans mon dos.

— Oh, tu l'auras bien cherché !

Je me mets à mon tour à lancer des paquets de neige

vers lui, avec moins de grâce que j'en possède habituellement.

— Il va falloir faire mieux que ça si tu veux me toucher !

Colin se cache derrière la table, actuellement couverte de blanc.

— On n'est pas tous *quarterback* pour la NFL, ici ! m'exclamé-je en riant.

— Je ne suis pas *quarterback* non plus, et je vise quand même mieux que toi !

Cette fois, il m'atteint en pleine poitrine.

— Attention à la marchandise, James !

— Oh, pardon. Je t'ai fait mal ? demande-t-il en contournant la table, les mains levées en signe de soumission.

— Je ne voudrais pas…

Colin me tacle avant que je ne puisse finir ma phrase. Nous atterrissons dans la neige avec un bruit sourd.

— Quel mauvais joueur !

Mes mots ne contiennent aucune accusation. Je ris aux éclats tandis que Gaufre rejoint la pile.

— Attaque, Gaufre, attaque ! crié-je alors que Colin commence à me chatouiller.

Le chiot se contente de lécher la neige sur mon visage, me cognant de sa truffe glacée.

— Non, pas moi !

Je le repousse doucement, mais il ne fait que se blottir un peu plus contre mon cou. Colin se laisse retomber dans la neige en se tenant le ventre à force de rire.

— Il m'aime bien trop pour m'attaquer. C'est bien, Gaufre, bon chien.

— On a clairement besoin de plus d'énergie féminine, dans cette maison, observé-je en me rasseyant, déposant Gaufre sur mes genoux.

— Oh, je trouve qu'on est plutôt pas mal.

Des flocons parsèment les cils de Colin, toujours allongé dans la neige. Ses yeux brillent lorsqu'il me regarde.

— Attends voir, Colin James. Bientôt, j'apporterai une sœur à Gaufre.

— C'est donc ce genre de famille qu'on va devenir, Peyton ? Un couple avec ses quatre-vingts chiens qui courent partout ?

Je hausse les épaules.

— Moi, ça ne me dérangerait pas. S'ils sont tous aussi adorables que ce petit, précisé-je en caressant affectueusement la tête de Gaufre. Dans ce cas, ce serait un plaisir.

Colin se redresse et repousse les cheveux qui lui tombent devant le visage.

— Si je devais adopter quatre-vingts chiens avec quelqu'un, ce serait avec toi.

Mon cœur déborde d'amour pour cet homme. J'attrape son visage et l'embrasse passionnément. Ses lèvres sont glacées sous les miennes, mais mes sentiments sont brûlants. Je voudrais mettre cet instant dans une boîte et le garder à jamais près de moi.

— Je t'aime, murmuré-je contre sa bouche.

— Je t'aime, Peyton.

Un glapissement retentit près de nous. Gaufre secoue sa queue, de la neige plein la fourrure.

— Toi aussi, je t'aime, Gaufre, le rassure Colin.

— Allez, viens. Allons boire un chocolat chaud et ouvrir nos cadeaux.

Vingt minutes plus tard, nous sommes blottis l'un contre l'autre près du feu qui crépite dans l'âtre, chacun un paquet à la main.

— OK, tu commences, déclare Colin en pressant le petit cadeau orné d'un nœud démesuré entre mes mains.

Je déchire l'emballage et découvre une boîte en velours.

— Colin, on avait dit qu'on ne ferait pas de folies !

— Ouvre-la, réplique Colin en m'attirant à lui.

Je m'exécute. Sur le coussin repose un médaillon en forme de ballon de football américain. Je le sors de la boîte pour en examiner l'intérieur, et pousse un petit cri. D'un côté se trouve une photo de notre premier rendez-vous, et de l'autre une beaucoup plus récente, qui date d'un match des Lions, il y a quelques semaines. Il me tient dans ses bras, et je porte son maillot, décoré dans le dos de son nom et de son numéro.

— Oh, Colin, murmuré-je en sentant mes larmes couler lorsque je le prends dans mes bras. Il est magnifique.

— Je sais qu'il manque plusieurs années entre ces deux photos, mais… tant qu'on peut continuer à en ajouter, je serai heureux.

— Mon cadeau paraît minable, à côté.

Je tente de m'éloigner, mais Colin l'attrape avec aisance. Maudites soient ses mains habiles de receveur.

Il ouvre la petite enveloppe. Ses yeux parcourent les quelques mots.

— Tu as fait tes propres statistiques de notre relation ?

Je hoche la tête en me tordant les mains.

— Oui. Je me suis dit que je pourrais te montrer à quel point tu es important pour moi.

— Je ne sais pas ce que j'ai fait pour mériter une femme comme toi, Peyton.

— Je suis si heureuse que tu sois entré dans le bureau d'Earl, ce jour-là. Je ne peux pas imaginer une vie sans toi.

Colin presse son front contre le mien.

— Tu es tout ce que je désire.

— Et je suis à toi.

Pour toujours.

Remerciements

Mon neuvième roman est enfin publié !

À chaque tome de cette série des Lions de Denver, je tombe un peu plus amoureuse de ces hommes et du monde dans lequel ils évoluent. Le football américain est comme une grande famille, et j'adore celle que j'ai créée plus que tout !

J'ai pris énormément de plaisir à imaginer Colin et Peyton, ainsi qu'à voir Colin redevenir l'homme qu'il était. Il a un énorme faible pour Peyton, et c'est le type de personnage que je préfère ! J'espère que vous les avez tous les deux aimés autant que moi.

Il y a tellement de gens que j'aimerais remercier, que j'ai toujours peur d'en oublier…

À chacune de mes amies autrices, Norma, LJ, Swati, Claire, Suzanne, Alexandra… Je ne pourrais jamais assez vous remercier de votre soutien ! Sans vous, je ne serais pas arrivée jusqu'ici.

À ma Street Team… Merci d'aimer mes livres autant que je les aime !

À tous mes lecteurs, aux blogueurs, bookstagrammeurs et booktokeurs… Merci d'avoir donné leur chance à mes livres ! C'est grâce à vous que je peux faire tout ça.

<3 Emily

À propos de l'auteur

Après avoir remporté une récompense pour jeunes auteurs au primaire, Emily Silver a décidé de devenir écrivain. Elle adore les héroïnes fortes et les hommes merveilleux qui tombent amoureux d'elles.

Fervente amatrice de romances, Emily a commencé à écrire des livres qui se déroulent dans différents lieux du monde entier. Grande voyageuse, elle a visité les sept continents et fait le tour du monde.

Quand elle n'écrit pas, Emily est souvent sur son porche en train de siroter des cocktails, de lire toutes les histoires d'amour qui lui tombent sous la main et de planifier sa prochaine grande aventure !

Retrouvez-la sur les réseaux sociaux pour rester informés de toutes ses aventures et ses prochaines parutions !

Les Lions de Denver

Sur la touche

Passe offensive

Remise en jeu

Autres titres en anglais par Emily Silver

The Denver Mountain Lions

Roughing The Kicker

Pass Interference

Sideline Infraction

Illegal Contact

The Big Game

Dixon Creek Ranch

Yours to Take

Yours to Hold

Yours to Be

Yours to Forget

Off the Deep End — roman hors série, romance sportive MM

The Ainsworth Royals

Royal Reckoning

Reckless Royal

Royal Relations

Royal Roots

Royal Ties

The Love Abroad Series

An Icy Infatuation

A French Fling

A Sydney Surprise

www.ingramcontent.com/pod-product-compliance
Lightning Source LLC
Chambersburg PA
CBHW032026310726
48972CB00002B/552